안녕!

你一定要會的
韓語句型
**You Must Know
These Korean
Sentences Patterns**

還在死記韓語短句嗎?
身為韓語初學者的你,別再背了!

想要了解韓語基本結構、
釐清文法概念、
學習基礎句型、
熟記基礎詞彙嗎?

文法、句型、詞彙的最強入門書!

韓文字是由基本母音、基本子音、複合母音、氣音和硬音所構成。

其組合方式有以下幾種：

1.子音加母音，例如：저(我)
2.子音加母音加子音，例如：밤（夜晚）
3.子音加複合母音，例如：위（上）
4.子音加複合母音加子音，例如：관（官）
5.一個子音加母音加兩個子音，如：값（價錢）

簡易拼音使用方式：

1. 為了讓讀者更容易學習發音，本書特別使用「簡易拼音」來取代一般的羅馬拼音。
   規則如下，
   例如：
   그러면 우리 집에서 저녁을 먹자.
   geu.reo.myeon/u.ri/ji.be.seo/jeo.nyeo.geul/meok.jja
   ----------普遍拼音
   geu.ro*.myo*n/u.ri/ji.be.so*/jo*.nyo*.geul/mo*k.jja
   ------------簡易拼音
   那麼，我們在家裡吃晚餐吧！

   文字之間的空格以「/」做區隔。
   不同的句子之間以「//」做區隔。

基本母音：

	韓國拼音	簡易拼音	注音符號
ㅏ	a	a	ㄚ
ㅑ	ya	ya	ㄧㄚ
ㅓ	eo	o*	ㄛ
ㅕ	yeo	yo*	ㄧㄛ
ㅗ	o	o	ㄡ
ㅛ	yo	yo	ㄧㄡ
ㅜ	u	u	ㄨ
ㅠ	yu	yu	ㄧㄨ
ㅡ	eu	eu	（ㄜ）
ㅣ	i	i	ㄧ

特別提示：

1. 韓語母音「ㅡ」的發音和「ㄜ」發音有差異，但嘴型要拉開，牙齒快要咬住的狀態，才發得準。

2. 韓語母音「ㅓ」的嘴型比「ㅗ」還要大，整個嘴巴要張開成「大O」的形狀，
   「ㅗ」的嘴型則較小，整個嘴巴縮小到只有「小o」的嘴型，類似注音「ㄡ」。

3. 韓語母音「ㅕ」的嘴型比「ㅛ」還要大，整個嘴巴要張開成「大O」的形狀，
   類似注音「一ㄛ」，「ㅛ」的嘴型則較小，整個嘴巴縮小到只有「小o」的嘴型，類似注音「一ㄡ」。

基本子音：

	韓國拼音	簡易拼音	注音符號
ㄱ	g,k	k	ㄎ
ㄴ	n	n	ㄋ
ㄷ	d,t	d,t	ㄊ
ㄹ	r,l	l	ㄌ
ㅁ	m	m	ㄇ
ㅂ	b,p	p	ㄆ
ㅅ	s	s	ㄙ,(ㄒ)
ㅇ	ng	ng	不發音
ㅈ	j	j	ㄗ
ㅊ	ch	ch	ㄘ

特別提示：

1. 韓語子音「ㅅ」有時讀作「ㄙ」的音，有時則讀作「ㄒ」的音。「ㄒ」音是跟母音「ㅣ」搭在一塊時，才會出現。
2. 韓語子音「ㅇ」放在前面或上面不發音；放在下面則讀作「ng」的音，像是用鼻音發「嗯」的音。
3. 韓語子音「ㅈ」的發音和注音「ㄗ」類似，但是發音的時候更輕，氣更弱一些。

氣音：

	韓國拼音	簡易拼音	注音符號
ㅋ	k	k	ㄎ
ㅌ	t	t	ㄊ
ㅍ	p	p	ㄆ
ㅎ	h	h	ㄏ

特別提示：

1. 韓語子音「ㅋ」比「ㄱ」的較重，有用到喉頭的音，音調類似國語的四聲。
   ㅋ＝ㄱ＋ㅎ
2. 韓語子音「ㅌ」比「ㄷ」的較重，有用到喉頭的音，音調類似國語的四聲。
   ㅌ＝ㄷ＋ㅎ
3. 韓語子音「ㅍ」比「ㅂ」的較重，有用到喉頭的音，音調類似國語的四聲。
   ㅍ＝ㅂ＋ㅎ

複合母音：

・ Track 005

	韓國拼音	簡易拼音	注音符號
ㅐ	ae	e*	ㄝ
ㅒ	yae	ye*	ㄧㄝ
ㅔ	e	e	ㄟ
ㅖ	ye	ye	ㄧㄟ
ㅘ	wa	wa	ㄨㄚ
ㅙ	wae	we*	ㄨㄝ
ㅚ	oe	we	ㄨㄟ
ㅞ	we	we	ㄨㄟ
ㅝ	wo	wo	ㄨㄛ
ㅟ	wi	wi	ㄨㄧ
ㅢ	ui	ui	ㄜㄧ

特別提示：

1. 韓語母音「ㅐ」比「ㅔ」的嘴型大，舌頭的位置比較下面，發音類似「ae」；「ㅔ」的嘴型較小，舌頭的位置在中間，發音類似「e」。不過一般韓國人讀這兩個發音都很像。

2. 韓語母音「ㅒ」比「ㅖ」的嘴型大，舌頭的位置比較下面，發音類似「yae」；「ㅖ」的嘴型較小，舌頭的位置在中間，發音類似「ye」。不過很多韓國人讀這兩個發音都很像。

3. 韓語母音「ㅚ」和「ㅞ」比「ㅙ」的嘴型小些，「ㅙ」的嘴型是圓的；「ㅚ」、「ㅞ」則是一樣的發音。不過很多韓國人讀這三個發音都很像，都是發類似「we」的音。

硬音：

	韓國拼音	簡易拼音	注音符號
ㄲ	kk	g	ㄍ
ㄸ	tt	d	ㄅ
ㅃ	pp	b	ㄅ
ㅆ	ss	ss	ㄙ
ㅉ	jj	jj	ㄗ

特別提示：

1. 韓語子音「ㅆ」比「ㅅ」用喉嚨發重音，音調類似國語的四聲。

2. 韓語子音「ㅉ」比「ㅈ」用喉嚨發重音，音調類似國語的四聲。

*表示嘴型比較大

第一章 韓國語的基本結構

第二章 文法句型篇

안녕!

第一章
韓國語的基本結構

신이 꼭 배워야 하는 한국어 문

〈1〉韓語和中文的不同

韓語和中文的語序不同，一般是由「主詞＋受詞＋動詞」所構成。例如，「旼志吃飯」韓語會講成「민지가 밥을 먹습니다」。

但韓語句子中，必須使用各種「助詞」來代表每個詞彙在句子中扮演的角色。

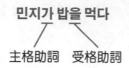

〈2〉基本結構

韓語句子至少要有「主語」和「敘述語」才能成立。例如：

^{主語} ^{敍述語}
민지가　잡니다.（旼志睡覺）

◎主語：作為句子的主體，主要為名詞。

◎敍述語：敍述句功能為說明、解釋主語，敍述語可以是動詞、形容詞及이다（接在名詞後面的助詞）。

另外，主成韓語句子的必要成分還包括目的語，其結構為「主語＋目的語＋敍述語」。例如：

^{主語} ^{目的語} ^{敍述語}
민지가＋책을＋봅니다.（旼志看書）

主格助詞　　受格助詞　ㅂ/습니다（詞尾）

◎目的語：目的語是由名詞、名詞片語、子句，結合受格助詞（又稱目的格助詞）을/를而成。注意，目的語後面的動詞要是他動詞。

＊韓語基本結構，整理如下表

第一類　　主語 + 敘述名詞 + 이다

例句 이것이 펜입니다.　(這個是筆)

第二類　　主語 + 形容詞

例句 고양이가 귀엽습니다.　(貓咪可愛)

第三類　　主語 + 自動詞 (가다去, 오다來, 달리다跑)

例句 선생님이 옵니다.　(老師來了)

第四類　　主語 + 目的語 + 他動詞
(먹다吃, 읽다讀, 듣다聽)

例句 민지가 음악을 듣습니다.　(旼志聽音樂)

〈3〉語尾的活用

韓語的動詞及形容詞，可以藉由連接語尾
的方式，表現出各種不同的意思或語氣，
稱為「語尾變化」。連接方式為先去掉動
詞、形容詞的語尾다後，直接在語幹後面
做連接，整理如下表：

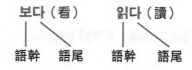

◎以動詞하다和읽다為例

語尾種類	分類	例句
終結語尾	敘述型	봅니다. (看)
	(스)ㅂ니다	읽습니다. (讀)
	疑問型	봅니까? (看嗎?)
	(스)ㅂ니까?	읽습니까? (讀嗎?)
	命令型	보십시오. (請看。)
	(으)십시오	읽으십시오. (請讀。)
	勸誘型	봅시다. (看吧。)
	(으)ㅂ시다	읽읍시다. (讀吧。)
	感嘆型	보는군요. (看啊!)
	군요/구나	읽는군요. (讀啊!)
連結語尾	羅列	고, (으)며
	對立	지만, (으)나, 다만
	原因／理由	아/어서, (으)니까, (으)므로
	目的／意圖	(으)러, (으)려고
先行語尾	時制	現在 -는/ㄴ
		過去 -았/었
		未來 (意志) 겠
		過去 (回想) 더
	尊敬	尊敬主語 -(으)시

名詞型語尾	名詞化 –(으)ㅁ, 기
	表目的 –기 위해서(위하여)
	表理由 –기 때문에

〈4〉助詞

助詞主要接在體言（名詞、代名詞、數詞）之後，用來表示該詞語的地位及和他詞間的文法關係。在功能上可區分為格助詞、接續助詞、補助助詞。

助詞分類	型態
格助詞	主格助詞 이/가, 께서, 에서
	目的格助詞 –을/를
	補格助詞 –이/가
	冠形格助詞 –의
	副詞格助詞 –에, 에게, 한테, 께, 에서, 에게서, 로
補助助詞	主題 은/는
	同樣並列 도
	限定 만, 뿐
	起點 부터

	終點 까지
	追加 마저, 조차
	全部 마다
	強調 (이)야
	次好 (이)나, (이)나마
接續助詞	並列列舉 와/과
	並列列舉 하고
	並列列舉 에(다)
	並列列舉 (이)며
	並列列舉 (이)랑

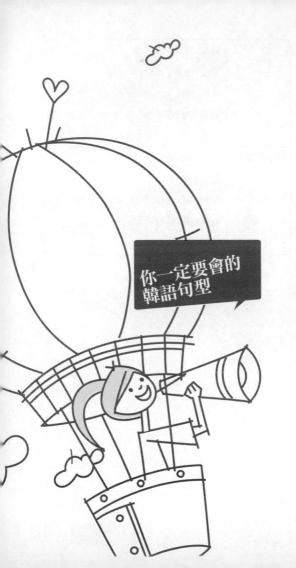

你一定要會的
韓語句型

안녕!

第二章
文法句型篇

신이 꼭 배워야 하는 한국어 문형

第01課

저는 대학생입니다.

jo*.neun/de*.hak.sse*ng.im.ni.da

我是大學生。

文法説明

1. -은/는

為補助助詞，用來表示句子的主題或闡述的對象，

「은/는」接在名詞後方，表示該名詞即是句子的主題

（主語）。當名詞以母音結束，要加는，當名詞以子

音結束，則加은。

2. -(ㅂ)습니다

加在動詞、形容詞和敘述格助詞이다（是）的語幹

後方，表示敘述型終結語尾。此為相當正式的敬語

用法，為「格式體尊敬形」。若語幹的末音節為母音

時，就使用「ㅂ니다」，若為子音時，則使用「습니

다」。(ㅂ)습니다和敘述格助詞이다（是）結合後，

會成為「-입니다」的型態。

句型一

韓語句型	中譯
이것은 ○○입니다.	這個是○○。

注釋

1. 이것為代名詞,表示「這個」的意思。通常表示該
事物,離談話者近。

2. ○○必須是名詞。

例句

이것은 책입니다.

i.go*.seun/che*.gim.ni.da

這個是書。

이것은 빵입니다.

i.go*.seun/bang.im.ni.da

這個是麵包。

이것은 펜입니다.

i.go*.seun/pe.nim.ni.da

這個是筆。

이것은 컴퓨터입니다.

i.go*.seun/ko*m.pyu.to*.im.ni.da

這個是電腦。

句型二

韓語句型	中譯
그것은 ○○입니다.	那個是○○。

注釋

그것為代名詞，表示「那個」的意思。通常表示該事物，離聽話者近，離談話者遠。

例句

그것은 카메라입니다.
geu.go*.seun/ka.me.ra.im.ni.da
那個是相機。

그것은 인형입니다.
geu.go*.seun/in.hyo*ng.im.ni.da
那個是娃娃。

그것은 핸드폰입니다.
geu.go*.seun/he*n.deu.po.nim.ni.da
那個是手機。

그것은 카드입니다.
geu.go*.seun/ka.deu.im.ni.da
那個是卡片。

句型三

韓語句型	中譯
저것은 ○○입니다.	那個是○○。

注釋

저것為代名詞，表示「那個」的意思。通常表示該事物，離聽話者和談話者都遠。

例句

저것은 간판입니다.
jo*.go*.seun/gan.pa.nim.ni.da
那個是招牌。

저것은 시계입니다.
jo*.go*.seun/si.gye.im.ni.da
那個是時鐘。

저것은 그림입니다.
jo*.go*.seun/geu.ri.mim.ni.da
那個是圖畫。

저것은 별입니다.
jo*.go*.seun/byo*.rim.ni.da
那個是星星。

句型四

韓語句型	中譯
저는 ○○입니다.	我是○○。

注釋

1. 저是代名詞，表示「我」的意思，為「나」的謙語。

2. ○○必須是名詞。

例句

저는 회사원입니다.

jo*.neun/hwe.sa.wo.nim.ni.da

我是公司職員。

저는 학생입니다.

jo*.neun/hak.sse*ng.im.ni.da

我是學生。

저는 대만 사람입니다.

jo*.neun/de*.man/sa.ra.mim.ni.da

我是台灣人。

저는 남자입니다.

jo*.neun/nam.ja.im.ni.da

我是男生。

句型五

韓語句型	中譯
(그/그녀)는 ○○입니다.	(他 / 她) 是○○。

注釋

1. 그是代名詞，表示「他／她／它」的意思。

2. 그녀是代名詞，表示「她／那個女人」的意思。

例句

그는 한국 사람입니다.

geu.neun/han.guk/sa.ra.mim.ni.da

他是韓國人。

그는 사장님입니다.

geu.neun/sa.jang.ni.mim.ni.da

他是社長。

그녀는 천사입니다.

geu.nyo*.neun/cho*n.sa.im.ni.da

她是天使。

그녀는 간호사입니다.

geu.nyo*.neun/gan.ho.sa.im.ni.da

她是護士。

句型六

韓語句型	中譯
N은/는 ○○입니다.	N是○○。

注釋

這裡的N（名詞）為整句的主題（主語）。

例句

어머니는 가정주부입니다.

o*.mo*.ni.neun/ga.jo*ng.ju.bu.im.ni.da

媽媽是家庭主婦。

미연 씨는 선생님입니다.

mi.yo*n/ssi.neun/so*n.se*ng.ni.mim.ni.da

美妍小姐是老師。

서울은 수도입니다.

so*.u.reun/su.do.im.ni.da

首爾是首都。

여기는 초등학교입니다.

yo*.gi.neun/cho.deung.hak.gyo.im.ni.da

這裡是小學。

대학생 de*.hak.sse*ng **大學生**	책 che*k **書**
빵 bang **麵包**	펜 pen **筆**
컴퓨터 ko*m.pyu.to* **電腦**	카메라 ka.me.ra **相機**
인형 in.hyo*ng **娃娃**	핸드폰 hae*n.deu.pon **手機**
카드 ka.deu **卡片**	간판 gan.pan **招牌**

第02課

이것은 무엇입니까?

i.go*.seun/mu.o*.sim.ni.ga

這個是什麼？

文法說明

1. - 은/는

為補助助詞，用來表示句子的主題或闡述的對象，
「은/는」接在名詞後方，表示該名詞即是句子的主題
（主語）。當名詞以母音結束，要加는，當名詞以子
音結束，則加은。

2. - (ㅂ)습니까

加在動詞、形容詞和敘述格助詞이다（是）的語幹
後方，表示疑問型終結語尾。此為相當正式的敬語
用法，為「格式體尊敬形」。若語幹的末音節為母音
時，就使用「ㅂ니까」，若為子音時，則使用「습니
까」。(ㅂ)습니까和敘述格助詞이다（是）結合後，
會成為「- 입니까」的型態。

句型一

韓語句型	中譯
○○은/는 무엇입니까?	○○是什麼？

注釋

○○為名詞。

例句

이것은 무엇입니까?

i.go*.seun/mu.o*.sim.ni.ga

這是什麼？

그것은 무엇입니까?

geu.go*.seun/mu.o*.sim.ni.ga

那是什麼？

저것은 무엇입니까?

jo*.go*.seun/mu.o*.sim.ni.ga

那是什麼？

차이점은 무엇입니까?

cha.i.jo*.meun/mu.o*.sim.ni.ga

差異是什麼？

句型二

韓語句型	中譯
이것은 ○○입니까?	這個是○○嗎？

注釋

○○為名詞。

例句

이것은 사전입니까?

i.go*.seun/sa.jo*.nim.ni.ga

這個是字典嗎？

이것은 커피입니까?

i.go*.seun/ko*.pi.im.ni.ga

這個是咖啡嗎？

이것은 돈입니까?

i.go*.seun/do.nim.ni.ga

這個是錢嗎？

이것은 구두입니까?

i.go*.seun/gu.du.im.ni.ga

這個是皮鞋嗎？

句型三

韓語句型	中譯
(그/그녀)는 ○○입니까?	(他 / 她) 是○○嗎？

注釋

○○為名詞。

例句

그는 경찰입니까?

geu.neun/gyo*ng.cha.rim.ni.ga

他是警察嗎？

그는 선배입니까?

geu.neun/so*n.be*.im.ni.ga

他是前輩嗎？

그녀는 교수님입니까?

geu.nyo*.neun/gyo.su.nim.im.ni.ga

她是教授嗎？

그녀는 누구입니까?

geu.nyo*.neun/nu.gu.im.ni.ga

她是誰？

句型四

韓語句型	中譯
N은/는 ○○입니까?	N是○○嗎？

注釋

○○為名詞。

例句

저분은 과장님입니까?

jo*.bu.neun/gwa.jang.ni.mim.ni.ga

那位是課長嗎？

언니는 미용사입니까?

o*n.ni.neun/mi.yong.sa.im.ni.ga

姊姊是美容師嗎？

준수 씨는 디자이너입니까?

jun.su/ssi.neun/di.ja.i.no*.im.ni.ga

俊秀是設計師嗎？

여기는 칠층입니까?

yo*.gi.neun/chil.cheung.im.ni.ga

這裡是七樓嗎？

韓語句型	中譯
네/예, ○○입니다.	是的，是○○。

注釋

○○為名詞。

會話

A 그것은 옷입니까?

geu.go*.seun/o.sim.ni.ga

那是衣服嗎？

B 예, 옷입니다.

ye//o.sim.ni.da

是的，是衣服。

- - - - - - - - - -

A 서분은 한국어 선생님입니까?

jo*.bu.neun/han.gu.go*/so*n.se*ng.ni.mim.ni.ga

那位是韓語老師嗎？

B 네, 한국어 선생님입니다.

ne//han.gu.go*/so*n.se*ng.ni.mim.ni.da

是的，是韓語老師。

무엇 mu.o*t 什麼	차이점 cha.i.jo*m 差異點
사전 sa.jo*n 字典	커피 ko*.pi 咖啡
돈 don 錢	구두 gu.du 皮鞋
경찰 gyo*ng.chal 警察	선배 so*n.be* 前輩／學長姊
교수님 gyo.su.nim 教授	누구 nu.gu 誰

과장님
gwa.jang.nim
課長

미용사
mi.yong.sa
美容師

저분
jo*.bun
那一位／他

언니
o*n.ni
（妹稱）姊姊

디자이너
di.ja.i.no*
設計師

여기
yo*.gi
這裡

칠층
chil.cheung
七樓

옷
ot
衣服

한국어
han.gu.go*
韓國語

第03課

저는 태희가 아닙니다.

jo*.neun/te*.hi.ga/a.nim.ni.da

我不是泰熙。

文法説明

1. －은/는

為補助助詞，用來表示句子的主題或闡述的對象，

「은/는」接在名詞後方，表示該名詞即是句子的主題

（主語）。當名詞以母音結束，要加는，當名詞以子

音結束，則加은。

2. －이/가 아니다

아니다為이다（是）的否定形，相當於中文的「不

是」。接在體言（名詞、數詞、代名詞）後方，其

基本型態為「－N이/가 아니다」。當名詞以母音結

束，使用「－가 아니다」，當名詞以子音結束，則使

用「－이 아니다」。

句型一

韓語句型	中譯
그것은 ○○이/가 아닙니까?	那不是○○嗎？

注釋

○○為名詞。

例句

그것은 표가 아닙니까?

geu.go*.seun/pyo.ga/a.nim.ni.ga

那不是票嗎？

그것은 연필이 아닙니까?

geu.go*.seun/yo*n.pi.ri/a.nim.ni.ga

那不是鉛筆嗎？

그것은 귀걸이가 아닙니까?

geu.go*.seun/gwi.go*.ri.ga/a.nim.ni.ga

那不是耳環嗎？

그것은 지갑이 아닙니까?

geu.go*.seun/ji.ga.bi/a.nim.ni.ga

那不是皮夾嗎？

句型二

韓語句型	中譯
이것은 ○○이/가 아닙니다.	這不是○○。

注釋

○○為名詞。

例句

이것은 물이 아닙니다.

i.go*.seun/mu.ri/a.nim.ni.da

這不是水。

이것은 교과서가 아닙니다.

i.go*.seun/gyo.gwa.so*.ga/a.nim.ni.da

這不是教科書。

이것은 약이 아닙니다.

i.go*.seun/ya.gi/a.nim.ni.da

這不是藥。

이것은 케이크가 아닙니다.

i.go*.seun/ke.i.keu.ga/a.nim.ni.da

這不是蛋糕。

句型三

韓語句型	中譯
N은/는 ○○이/가 아닙니까?	N不是○○嗎？

注釋

○○為名詞。

例句

미영 씨는 의사가 아닙니까?

mi.yo*ng/ssi.neun/ui.sa.ga/a.nim.ni.ga

美英不是醫生嗎？

당신은 미국 사람이 아닙니까?

dang.si.neun/mi.guk/sa.ra.mi/a.nim.ni.ga

您不是美國人嗎？

선생님은 남자가 아닙니까?

so*n.se*ng.ni.meun/nam.ja.ga/a.nim.ni.ga

老師不是男生嗎？

아버님은 부장님이 아닙니까?

a.bo*.ni.meun/bu.jang.ni.mi/a.nim.ni.ga

爸爸不是部長嗎？

句型四

韓語句型	中譯
저는 ○○이/가 아닙니다.	我不是○○。

注釋

○○為名詞。

例句

저는 여자가 아닙니다.

jo*.neun/yo*.ja.ga/a.nim.ni.da

我不是女生。

저는 대학원생이 아닙니다.

jo*.neun/de*.ha.gwon.se*ng.i/a.nim.ni.da

我不是研究所學生。

저는 환자가 아닙니다.

jo*.neun/hwan.ja.ga/a.nim.ni.da

我不是患者。

저는 직원이 아닙니다.

jo*.neun/ji.gwo.ni/a.nim.ni.da

我不是職員。

句型五

韓語句型	中譯
아니요, ○○이/가 아닙니다.	不，不是○○。

注釋

○○為名詞。

會話

A 이것은 치마가 아닙니까?

i.go*.seun/chi.ma.ga/a.nim.ni.ga

這個是裙子嗎？

B 아니요, 치마가 아닙니다.

a.ni.yo//chi.ma.ga/a.nim.ni.da

不，不是裙子。

• • • • • • • • • • • • • • • • • • • •

A 저분은 배우가 아닙니까?

jo*.bu.neun/be*.u.ga/a.nim.ni.ga

那位不是演員嗎？

B 아니요, 저분은 배우가 아닙니다.

a.ni.yo//jo*.bu.neun/be*.u.ga/a.nim.ni.da

不，那位不是演員。

표 pyo 票	연필 yo*n.pil 鉛筆
귀걸이 gwi.go*.ri 耳環	지갑 ji.gap 皮夾
물 mul 水	교과서 gyo.gwa.so* 教科書
약 yak 藥	케이크 ke.i.keu 蛋糕
의사 ui.sa 醫生	미국 mi.guk 美國

남자

nam.ja

男生

여자

yo*.ja

女生

대학원생

de*.ha.gwon.se*ng

研究所學生

부장님

bu.jang.nim

部長

환자

hwan.ja

病患

직원

ji.gwon

職員

치마

chi.ma

裙子

배우

be*.u

演員

第04課

이것은 제(저의) 노트입니다.

i.go*.seun/je/no.teu.im.ni.da

這是我的筆記本。

文法說明

1. 「저」表示「我」的意思，為謙詞的一種，向聽話者表示尊敬。

2. 「의」為所有格的用法，相當於中文的「的」。當「의」當作所有格使用時，必須念成「에」。

3. 當所有格的「의」遇到人稱代名詞的나、저、너時，會合併為내（我的）、제（我的）、네（你的）。

4. -(ㅂ)습니다

加在動詞、形容詞和敘述格助詞이다（是）的語幹後方，表示敘述型終結語尾。此為相當正式的敬語用法，為「格式體尊敬形」。若語幹的末音節為母音時，就使用「ㅂ니다」，若為子音時，則使用「습니다」。(ㅂ)습니다和敘述格助詞이다（是）結合後，會成為「-입니다」的型態。

句型一

韓語句型	中譯
(이것/이분)	(這個 / 這位)
은 저의 ○○입니다.	是我的○○。

注釋

○○為名詞。

例句

이것은 저의 신발입니다.

i.go*.seun/jo*.ui/sin.ba.rim.ni.da

這個是我的鞋子。

이것은 저의 가방입니다.

i.go*.seun/jo*.ui/ga.bang.im.ni.da

這個是我的包包。

이분은 저의 어머님입니다.

i.bu.neun/jo*.ui/o*.mo*.ni.mim.ni.da

這位是我的媽媽。

이분은 저의 동료입니다.

i.bu.neun/jo*.ui/dong.nyo.im.ni.da

這位是我的同事。

句型二

韓語句型	中譯
(저것/저분)	(那個 / 那位)
은 제 ○○입니다.	是我的○○。

注釋

○○為名詞。

例句

저것은 제 작품입니다.

jo*.go*.seun/je/jak.pu.mim.ni.da

那個是我的作品。

저것은 제 책상입니다.

jo*.go*.seun/je/che*k.ssang.im.ni.da

那個是我的書桌。

저분은 제 오빠입니다.

jo*.bu.neun/je/o.ba.im.ni.da

那位是我的哥哥。

저분은 제 형입니다.

jo*.bu.neun/je/hyo*ng.im.ni.da

那位是我的哥哥。

句型三

韓語句型	中譯
(이/그/저것)	(這/那個)
은 ○○의 N입니다.	是○○的 N。

注釋

○○為人物名詞。

例句

이것은 승기 씨의 목도리입니다.

i.go*.seun/seung.gi/ssi.ui/mok.do.ri.im.ni.da

這個是勝基的圍巾。

그것은 엄마의 물건입니다.

geu.go*.seun/o*m.ma.ui/mul.go*.nim.ni.da

那個是媽媽的東西。

저것은 교수님의 마이크입니다.

jo*.go*.seun/gyo.su.ni.mui/ma.i.keu.im.ni.da

那個是教授的麥克風。

이것은 누구의 볼펜입니까?

i.go*.seun/nu.gu.ui/bol.pe.nim.ni.ga

這個是誰的原子筆?

句型四

韓語句型	中譯
제 N은/는 ○○입니다.	我的N是○○。

注釋

○○為名詞。

例句

제 이름은 김민지입니다.

je/i.reu.meun/gim.min.ji.im.ni.da

我的名字是金旼志。

제 숙제는 이것입니다.

je/suk.jje.neun/i.go*.sim.ni.da

我的作業是這個。

제 여자친구는 대학생입니다.

je/yo*.ja.chin.gu.neun/de*.hak.sse*ng.im.ni.da

我的女朋友是大學生。

제 동생은 유치원생입니다.

je/dong.se*ng.eun/yu.chi.won.se*ng.im.ni.da

我的弟弟是幼稚園生。

句型五

韓語句型	中譯
그것은 ○○의 N이/가 아닙니다.	那不是○○的N。

注釋

○○為名詞。

例句

그것은 제 것이 아닙니다.
geu.go*.seun/je/go*.si/a.nim.ni.da

那不是我的東西。

그것은 우리 집의 물건이 아닙니다.
geu.go*.seun/u.ri/ji.bui/mul.go*.ni/a.nim.ni.da

那不是我們家的物品。

그것은 언니의 화장품이 아닙니다.
geu.go*.seun/o*n.ni.ui/hwa.jang.pu.mi/a.nim.ni.da

那不是姊姊的化妝品。

그것은 저의 신용카드가 아닙니다.
geu.go*.seun/jo*.ui/si.nyong.ka.deu.ga/a.nim.ni.da

那不是我的信用卡。

노트
no.teu
筆記本

신발
sin.bal
鞋子

가방
ga.bang
包包

동료
dong.nyo
同事

작품
jak.pum
作品

책상
che*k.ssang
書桌

오빠
o.ba
（妹稱）哥哥

형
hyo*ng
（弟稱）哥哥

목도리
mok.do.ri
圍巾

엄마
o*m.ma
媽媽

동생 dong.se*ng 弟弟／妹妹	유치원생 yu.chi.won.se*ng 幼稚園生
집 jip 家	화장품 hwa.jang.pum 化妝品
신용카드 si.nyong.ka.deu 信用卡	마이크 ma.i.keu 麥克風
볼펜 bol.pen 原子筆	이름 i.reum 名字
숙제 suk.jje 作業	여자친구 yo*.ja.chin.gu 女朋友

第05課

저는 밥을 먹습니다.

jo*.neun/ba.beul/mo*k.sseum.ni.da

我吃飯。

文法說明

1. -은/는

為補助助詞,用來表示句子的主題或闡述的對象,
「은/는」接在名詞後方,表示該名詞即是句子的主題
(主語)。當名詞以母音結束,要加는,當名詞以子
音結束,則加은。

2. -을/를

為受格助詞,接在名詞後方,該名詞則為及物動詞的
受格,表示動作或作用的對象。如果名詞以母音結
束,就加를;如果名詞以子音結束,則加을。

3. -(ㅂ)습니다

加在動詞、形容詞和敘述格助詞이다(是)的語幹
後方,表示敘述型終結語尾。此為相當正式的敬語
用法,為「格式體尊敬形」。若語幹的末音節為母音
時,就使用「ㅂ니다」,若為子音時,則使用「습니
다」。

句型一

韓語句型	中譯
저는 N을/를 Vㅂ/습니다.	我做N。

注釋

如果名詞以母音結束，就加를；如果名詞以子音結束，則加을。

例句

저는 영어를 배웁니다.

jo*.neun/yo*ng.o*.reul/be*.um.ni.da

我學英語。

저는 음악을 듣습니다.

jo*.neun/eu.ma.geul/deut.sseum.ni.da

我聽音樂。

저는 친구를 만납니다.

jo*.neun/chin.gu.reul/man.nam.ni.da

我見朋友。

저는 책을 봅니다.

jo*.neun/che*.geul/bom.ni.da

我看書。

句型二

韓語句型	中譯
○○은/는 N을/를 Vㅂ/습니다.	○○做N。

注釋

○○為名詞。

例句

할아버지는 차를 마십니다.

ha.ra.bo*.ji.neun/cha.reul/ma.sim.ni.da

爺爺喝茶。

어머님은 요리를 만듭니다.

o*.mo*.ni.meun/yo.ri.reul/man.deum.ni.da

媽媽做菜。

친구는 버스를 탑니다.

chin.gu.neun/bo*.seu.reul/tam.ni.da

朋友搭公車。

누나는 텔레비전을 봅니다.

nu.na.neun/tel.le.bi.jo*.neul/bom.ni.da

姊姊看電視。

句型三

韓語句型	中譯
○○은/는 무엇을 Vㅂ/습니까?	○○做什麼？

注釋

○○為名詞。

例句

선생님은 무엇을 가르칩니까?

so*n.se*ng.ni.meun/mu.o*.seul/ga.reu.chim.ni.ga

老師教什麼？

학생은 무엇을 읽습니까?

hak.sse*ng.eun/mu.o*.seul/ik.sseum.ni.ga

學生讀什麼？

영미 씨는 무엇을 합니까?

yo*ng.mi/ssi.neun/mu.o*.seul/ham.ni.ga

英美做什麼？

준수 씨는 무엇을 먹습니까?

jun.su/ssi.neun/mu.o*.seul/mo*k.sseum.ni.ga

俊秀吃什麼？

句型四

韓語句型	中譯
○○은/는 N을/를 V (으)십니다	○○做N。

注釋

－(으)시

敬語用法，接在形容詞、動詞或이다語幹後方，主要
是用來尊敬對方（聽話者），或比談話者或聽話者的
年齡或社會地位還高的對象。

例句

부장님은 회의를 하십니다.
bu.jang.ni.meun/hwe.ui.reul/ha.sim.ni.da
部長開會。

할머니는 라디오를 들으십니다.
hal.mo*.ni.neun/ra.di.o.reul/deu.reu.sim.ni.da
奶奶聽廣播。

아버님은 서류를 찾으십니다.
a.bo*.ni.meun/so*.ryu.reul/cha.jeu.sim.ni.da
爸爸找文件。

句型五

韓語句型	中譯
V+(으)십니까?	您在V什麼？

注釋

如果動詞語幹以母音結束，接십니까?；動詞語幹以子音結束時，則接으십니까?。

會話

A 숙민 씨는 무엇을 공부하십니까?
sung.min/ssi.neun/mu.o*.seul/gong.bu.ha.sim.ni.ga
淑敏在學什麼？

B 저는 한국어를 공부합니다.
jo*.neun/han.gu.go*.reul/gong.bu.ham.ni.da
我在學韓國語。

. . . .

A 무엇을 읽으십니까?
mu.o*.seul/il.geu.sim.ni.ga
您在讀什麼？

B 신문을 읽습니다.
sin.mu.neul/ik.sseum.ni.da
我在讀報紙。

영어 yo*ng.o* 英語	배우다 be*.u.da 學習
음악 eu.mak 音樂	듣다 deut.da 聽
만나다 man.na.da 見面／相遇	요리 yo.ri 料理／菜
버스 bo*.seu 公車	타다 ta.da 搭乘
텔레비전 tel.le.bi.jo*n 電視	가르치다 ga.reu.chi.da 教導／指出

읽다 ik.da 閱讀／念	회의 hwe.ui 會議
손님 son.nim 客人	기다리다 gi.da.ri.da 等待
라디오 ra.di.o 廣播／收音機	서류 so*.ryu 資料／文件
찾다 chat.da 找尋	공부하다 gong.bu.ha.da 讀書
차 cha 茶	보다 bo.da 看

第06課

저는 식당에서 밥을 먹습니다.

jo*.neun/sik.dang.e.so*/ba.beul/mo*k.sseum.ni.da

我在餐廳吃飯。

文法説明

1. -에서

助詞,接在處所名詞後方,表示行為發生的範圍或地點,相當於中文的「在…(做)…」。

2. -을/를

為受格助詞,接在名詞後方,該名詞則為及物動詞的受格,表示動作或作用的對象。如果名詞以母音結束,就加를;如果名詞以子音結束,則加을。

3. -(ㅂ)습니다

加在動詞、形容詞和敘述格助詞이다(是)的語幹後方,表示敘述型終結語尾。此為相當正式的敬語用法,為「格式體尊敬形」。若語幹的末音節為母音時,就使用「ㅂ니다」,若為子音時,則使用「습니다」。

句型一

韓語句型	中譯
○○에서 무엇을 합니까?	你在○○做什麼？

注釋

○○為處所名詞。

例句

학교에서 무엇을 합니까?

hak.gyo.e.so*/mu.o*.seul/ham.ni.ga

你在學校做什麼？

사무실에서 무엇을 합니까?

sa.mu.si.re.so*/mu.o*.seul/ham.ni.ga

你在辦公室做什麼？

시내에서 무엇을 합니까?

si.ne*.e.so*/mu.o*.seul/ham.ni.ga

你在市區做什麼？

방에서 무엇을 합니까?

bang.e.so*/mu.o*.seul/ham.ni.ga

你在房間做什麼？

句型二

韓語句型	中譯
○○에서 무엇을 V ㅂ/습니까?	你在○○V什麼?

注釋

○○為處所名詞。

例句

여기서 무엇을 봅니까?

yo*.gi.so*/mu.o*.seul/bom.ni.ga

你在這裡看什麼?

회의실에서 무엇을 얘기합니까?

hwe.ui.si.re.so*/mu.o*.seul/ye*.gi.ham.ni.ga

你在會議室說什麼?

백화점에서 무엇을 삽니까?

be*.kwa.jo*.me.so*/mu.o*.seul/ssam.ni.ga

你在百貨公司買什麼?

학원에서 무엇을 배웁니까?

ha.gwo.ne.so*/mu.o*.seul/be*.um.ni.ga

你在補習班學什麼?

句型三

韓語句型	中譯
저는 ○○에서 N을 / 를 V ㅂ/습니다.	我在○○做N。

注釋

○○為處所名詞。

例句

저는 집에서 청소를 합니다.

jo*.neun/ji.be.so*/cho*ng.so.reul/ham.ni.da

我在家打掃。

저는 교실에서 수학을 배웁니다.

jo*.neun/gyo.si.re.so*/su.ha.geul/be*.um.ni.da

我在教室學數學。

저는 부엌에서 요리를 합니다.

jo*.neun/bu.o*.ke.so*/yo.ri.reul/ham.ni.da

我在廚房做菜。

저는 공원에서 농구를 합니다.

jo*.neun/gong.wo.ne.so*/nong.gu.reul/ham.ni.da

我在公園打籃球。

句型四

韓語句型	中譯
□□ 씨는 ○○에서 N을 / 를 V ㅂ/습니다.	□□在○○做N。

注釋

1. □□為人名。

2. ○○為處所名詞。

例句

영미 씨는 화장실에서 화장을 합니다.

yo*ng.mi/ssi.neun/hwa.jang.si.re.so*/hwa.jang.

eul/ham.ni.da

英美在化妝室化妝。

준수 씨는 방에서 게임을 합니다.

jun.su/ssi.neun/bang.e.so*/ge.i.meul/ham.ni.da

俊秀在房間玩遊戲。

홍기 씨는 식당에서 저녁을 먹습니다.

hong.gi/ssi.neun/sik.dang.e.so*/jo*.nyo*.geul/

mo*k.sseum.ni.da

洪基在餐廳吃晚餐。

사무실	시내
sa.mu.sil	si.ne*
辦公室	市區

방	회의실
bang	hwe.ui.sil
房間	會議室

백화점	학원
he* kwa.jo*m	ha.gwon
百貨公司	補習班

청소	수학
cho*ng.so	su.hak
打掃	數學

부엌	공원
bu.o*k	gong.won
廚房	公園

第07課

저는 한국에 갑니다.

jo*.neun/han.gu.ge/gam.ni.da

我去韓國。

文法説明

1. – 은/는

為補助助詞，用來表示句子的主題或闡述的對象，
「은/는」接在名詞後方，表示該名詞即是句子的主題
（主語）。當名詞以母音結束，要加는，當名詞以子
音結束，則加은。

2. – 에

處所格助詞，接在表「方向、場所」的名詞後方，相
當於中文的「到」。

3. –(ㅂ)습니다

加在動詞、形容詞和敍述格助詞이다（是）的語幹
後方，表示敍述型終結語尾。此為相當正式的敬語
用法，為「格式體尊敬形」。若語幹的末音節為母音
時，就使用「ㅂ니다」，若為子音時，則使用「습니
다」。

句型一

韓語句型	中譯
○○에 갑니다.	去○○。

注釋

○○為地點名詞。

例句

회사에 갑니다.
hwe.sa.e/gam.ni.da
去公司。

레스토랑에 갑니다.
re.seu.to.rang.e/gam.ni.da
去西餐廳。

노래방에 갑니다.
no.re*.bang.e/gam.ni.da
去練歌房。

도서관에 갑니다.
do.so*.gwa.ne/gam.ni.da
去圖書館。

句型二

韓語句型	中譯
○○에 갑니까?	去○○嗎？

注釋

○○為地點名詞。

例句

학교에 갑니까?

hak.gyo.e/gam.ni.ga

去學校嗎？

친구 집에 갑니까?

chin.gu/ji.be/gam.ni.ga

去朋友家嗎？

일본에 갑니까?

il.bo.ne/gam.ni.ga

去日本嗎？

수영장에 갑니까?

su.yo*ng.jang.e/gam.ni.ga

去游泳池嗎？

句型三

Track
049

韓語句型	中譯
저는 ○○에 갑니다.	我去○○。

注釋

○○為地點名詞。

例句

저는 서점에 갑니다.
jo*.neun/so*.jo*.me/gam.ni.da
我去書店。

저는 기차역에 갑니다.
jo*.neun/gi.cha.yo*.ge/gam.ni.da
我去火車站。

저는 시골에 갑니다.
jo*.neun/si.go.re/gam.ni.da
我去鄉下。

저는 바닷가에 갑니다.
jo*.neun/ba.dat.qa.e/gam.ni.da
我去海邊。

你一定要會的
韓語句型　071

句型四

韓語句型	中譯
○○에 옵니까?	來○○嗎？

注釋

○○為地點名詞。

例句

여기에 옵니까?
yo*.gi.e/om.ni.ga
來這裡嗎？

우리 집에 옵니까?
u.ri/ji.be/om.ni.ga
來我家嗎？

영국에 옵니까?
yo*ng.gu.ge/om.ni.ga
來英國嗎？

제 방에 옵니까?
je/bang.e/om.ni.ga
來我房間嗎？

句型五

韓語句型	中譯
N은/는 ○○에 옵니까?	N來○○嗎？

注釋

○○為地點名詞。

例句

오빠는 대만에 옵니까?

o.ba.neun/de*.ma.ne/om.ni.ga

哥哥來台灣嗎？

그는 영화관에 옵니까?

geu.neun/yo^ng.hwa.gwa.ne/om.ni.ga

他來電影院嗎？

손님은 우리 가게에 옵니까?

son.ni.meun/u.ri/ga.ge.e/om.ni.ga

客人來我們的店嗎？

후배는 커피숍에 옵니까?

hu.be*.neun/ko*.pi.syo.be/om.ni.ga

後輩來咖啡廳嗎？

句型六

韓語句型	中譯
N은/는 ○○에 옵니다.	N來○○。

注釋

○○為地點名詞。

例句

학생은 교실에 옵니다.

hak.sse*ng.eun/gyo.si.re/om.ni.da

學生來教室。

그 친구는 극장에 옵니다.

geu/chin.gu.neun/geuk.jjang.e/om.ni.da

那位朋友來劇院。

아주머니는 우리 회사에 옵니다.

a.ju.mo*.ni.neun/u.ri/hwe.sa.e/om.ni.da

阿姨來我們公司。

영민 씨는 지하철 역에 옵니다.

yo*ng.min/ssi.neun/ji.ha.cho*l/yo*.ge/om.ni.da

英敏來地鐵站。

레스토랑 re.seu.to.rang 西餐廳	노래방 no.re*.bang 練歌房／KTV
도서관 do.so*.gwan 圖書館	일본 il.bon 日本
수영장 su.yo*ng.jang 游泳池	서점 so*.jo*m 書店
기차역 gi.cha.yo*k 火車站	시골 si.gol 鄉下
바닷가 ba.dat.ga 海邊	영국 yo*ng.guk 英國

第08課

저도 회사원입니다.

jo*.do/hwe.sa.wo.nim.ni.da

我也是上班族。

文法說明

1. 저

是代名詞，表示「我」的意思，為「나」的謙語。

2. －도

為助詞，接在名詞後面，相當於中文「也」的意思，
有時也表示「強調」。

3. －(ㅂ)습니다

加在動詞、形容詞和敘述格助詞이다（是）的語幹
後方，表示敘述型終結語尾。此為相當正式的敬語
用法，為「格式體尊敬形」。若語幹的末音節為母音
時，就使用「ㅂ니다」，若為子音時，則使用「습니
다」。(ㅂ)습니다和敘述格助詞이다（是）結合後，
會成為「－입니다」的型態。

句型一

韓語句型	中譯
N도 ○○입니다.	N也是○○。

注釋

○○為名詞。

例句

신혜 씨도 배우입니다.

sin.hye/ssi.do/be*.u.im.ni.da

信惠也是演員。

형도 연예인입니다.

hyo*ng.do/yo*.nye.i.nim.ni.da

哥哥也是藝人。

아버지도 교수님입니다.

a.bo*.ji.do/gyo.su.ni.mim.ni.da

爸爸也是教授。

우리도 중학생입니다.

u.ri.do/jung.hak.sse*ng.im.ni.da

我們也是國中生。

句型二

韓語句型	中譯
N도 ○○에 갑니다.	N也去○○。

注釋

○○為地點名詞。

例句

동생도 영어 학원에 갑니다.

dong.se*ng.do/yo*ng.o*/ha.gwo.ne/gam.ni.da

弟弟也去英語補習班。

저도 캐나다에 갑니다.

jo*.do/ke*.na.da.e/gam.ni.da

我也去加拿大。

우리도 거기에 갑니다.

u.ri.do/go*.gi.e/gam.ni.da

我們也去那裡。

어머님도 시장에 갑니다.

o*.mo*.nim.do/si.jang.e/gam.ni.da

媽媽也去市場。

句型三

韓語句型	中譯
○○도 N 을/를 V ㅂ/습니다.	○○也做 N。

注釋

○○為名詞。

例句

저도 한국어를 공부합니다.

jo*.do/han.gu.go*.reul/gong.bu.ham.ni.da

我也學習韓國語。

남자친구도 딸기주스를 마십니다.

nam.ja.chin.gu.do/dal.gi.ju.seu.reul/ma.sim.ni.da

男朋友也喝草莓果汁。

그녀도 이 반지를 삽니다.

geu.nyo*.do/i/ban.ji.reul/ssam.ni.da

她也買這個戒指。

우리도 데니스를 칩니다.

u.ri.do/te.ni.seu.reul/chim.ni.da

我們也打網球。

句型四

韓語句型	中譯
같이 N을/를 V ㅂ/습니다.	一起（做）N。

注釋

같이是副詞，意思為「一起」。

例句

가족도 같이 여행을 갑니다.
ga.jok.do/ga.chi/yo*.he*ng.eul/gam.ni.da
家人也一起去旅行。

우리는 같이 숙제를 합니다.
u.ri.neun/ga.chi/suk.jje.reul/ham.ni.da
我們一起寫作業。

동료도 같이 출장을 갑니다.
dong.nyo.do/ga.chi/chul.jang.eul/gam.ni.da
同事也一起去出差。

태연 씨도 같이 갑니까?
te*.yo*n/ssi.do/ga.chi/gam.ni.ga
太妍也一起去嗎？

句型五

韓語句型	中譯
함께 N 을/를/에 V ㅂ/습니다.	一起（做）N。

注釋

함께是副詞，意思為「一起」。

例句

함께 등산을 갑니다.

ham.ge/deung.sa.neul/gam.ni.da

一起去爬山。

우리는 함께 공부를 합니다.

u.ri.neun/ham.ge/gong.bu.reul/ham.ni.da

我們一起讀書。

여자친구도 함께 태국에 갑니다.

yo*.ja.chin.gu.do/ham.ge/te*.gu.ge/gam.ni.da

女朋友也一起去泰國。

미연 씨도 함께 갑니까?

mi.yo*n/ssi.do/ham.ge/gam.ni.ga

美妍也一起去嗎？

회사원
hwe.sa.won
上班族／公司職員

배우
be*.u
演員

연예인
yo*.nye.in
藝人

중학생
jung.hak.sse*ng
國中生

캐나다
ke*.na.da
加拿大

시장
si.jang
市場

딸기
dal.gi
草莓

주스
ju.seu
果汁

반지
ban.ji
戒指

사다
sa.da
買

테니스

te.ni.seu

網球

치다

chi.da

拍打

같이

ga.chi

一起

가족

ga.jok

家人

여행

yo*,he*riu

旅行

숙제

suk.jje

作業

쓰다

sseu.da

寫/戴（帽子/眼鏡）

출장

chul.jang

出差

第09課

동생은 학교에 가지 않습니다.

dong.se*ng.eun/hak.gyo.e/ga.ji/an.sseum.ni.da

弟弟不去學校。

文法説明

1. -은/는

為補助助詞,用來表示句子的主題或闡述的對象,「은/는」接在名詞後方,表示該名詞即是句子的主題(主語)。當名詞以母音結束,要加는,當名詞以子音結束,則加은。

2. -에

處所格助詞,接在表「方向、場所」的名詞後方,相當於中文的「到」。

3. -지 않다 **主體意識否定 / 單純否定**

接在動詞、形容詞語幹後方,用來否定動作或狀態,相當於中文的「不⋯」。

4. -(ㅂ)습니다

加在動詞、形容詞和敘述格助詞이다(是)的語幹後方,表示敘述型終結語尾。此為相當正式的敬語用法,為「格式體尊敬形」。若語幹末音節為母音時,就使用「ㅂ니다」,若為子音時,則用「습니다」。

韓語句型	中譯
N은/는 ○○에 V지 않습니다.	N不（去）○○。

注釋

1. ○○為地點名詞。

2. V為方向性動詞。

例句

저는 집에 돌아가지 않습니다.

jo*.neun/ji.be/do.ra.ga.ji/an.sseum.ni.da

我不回家。

그는 박물관에 가지 않습니다.

geu.neun/bang.mul.gwa.ne/ga.ji/an.sseum.ni.da

他不去博物館。

선생님은 여기에 오시 않습니다.

so*n.se*ng.ni.meun/yo*.gi.e/o.ji/an.sseum.ni.da

老師不來這裡。

언니는 제 방에 들어오지 않습니다.

o*n.ni.neun/je/bang.e/deu.ro*.o.ji/an.sseum.ni.da

姊姊不進來我房間。

句型二

韓語句型	中譯
○○은/는 N을/를 V지 않습니다.	○○不（做）N。

注釋

○○為名詞。

例句

저는 영어 공부를 하지 않습니다.

jo*.neun/yo*ng.o*/gong.bu.reul/ha.ji/an.sseum.
ni.da

我不學習英文。

아버지는 집안일을 하지 않습니다.

a.bo*.ji.neun/ji.ba.ni.reul/ha.ji/an.sseum.ni.da

爸爸不做家事。

그는 점심을 먹지 않습니다.

geu.neun/jo*m.si.meul/mo*k.jji/an.sseum.ni.da

他不吃午餐。

친구는 선물을 사지 않습니다.

chin.gu.neun/so*n.mu.reul/ssa.ji/an.sseum.ni.da

朋友不買禮物。

句型三

韓語句型	中譯
N은/는 ○○에 안 V ㅂ/습니다.	N不（去）○○。

注釋

可以將有否定意思的副詞「안」放在動詞或形容詞前方，表示否定，和 - 지 않다的意義相同。

例句

저는 병원에 안 갑니다.
jo*.neun/byo*ng.wo.ne/an/gam.ni.da
我不去醫院。

그녀는 여기에 안 옵니다.
geu.nyo*.neun/yo*.gi.e/an/om.ni.da
她不來這裡。

종국 씨는 서울에 안 옵니다.
jong.guk/ssi.neun/so*.u.re/an/om.ni.da
鐘國不來首爾。

최 선생님은 학교에 안 오십니다.
chwe/so*n.se*ng.ni.meun/hak.gyo.e/an/o.sim.ni.da
崔老師不來學校。

句型四

韓語句型	中譯
○○은/는 N을/를 안 V ㅂ/습니다.	○○不（做）N。

注釋

○○為名詞。

例句

이 옷가게는 청바지를 안 팝니다.

i/ot.ga.ge.neun/cho*ng.ba.ji.reul/an/pam.ni.da

這間服飾店沒賣牛仔褲。

저는 돼지고기를 안 먹습니다.

jo*.neun/dwe*.ji.go.gi.reul/an/mo*k.sseum.ni.da

我不吃豬肉。

김 비서는 잔업을 안 합니다.

gim/bi.so*.neun/ja.no*.beul/an/ham.ni.da

金祕書不加班。

아이는 손을 안 씻습니다.

a.i.neun/so.neul/an/ssit.sseum.ni.da

孩子不洗手。

句型五

韓語句型	中譯
○○을/를/에 안 V ㅂ/습니까?	不(做)○○嗎?

注釋

○○為名詞。

會話

A 설거지를 안 합니까?
so*l.go*.ji.reul/an/ham.ni.ga
你不洗碗嗎?

B B · 네, 안 합니다.
ne//an/ham.ni.da
是的,不洗。

. . . .

A 약국에 안 갑니까?
yak.gu.ge/an/gam.ni.ga
你不去藥局嗎?

B 아니요, 갑니다.
a.ni.yo//gam.ni.da
不,我去藥局。

돌아가다 do.ra.ga.da 回去	박물관 bang.mul.gwan 博物館
들어오다 deu.ro*.o.da 進來	집안일 ji.ba.nil 家事
점심 jo*m.sim 午餐／中午	선물 so*n.mul 禮物
병원 byo*ng.won 醫院	서울 so*.ul 首爾（地名）
최 chwe 崔（姓氏）	옷 가게 ot/ga.ge 服飾店

청바지 cho*ng.ba.ji 牛仔褲	팔다 pal.da 賣
돼지 dwe*.ji 豬	고기 go.gi 肉
김 gim 金（姓氏）	비서 bi.so* 秘書
잔업 ja.no*p 加班	아이 a.i 小孩子
손 son 手	씻다 ssit.da 洗

第10課

날씨가 춥습니다.

nal.ssi.ga/chup.sseum.ni.da

天氣冷。

文法說明

1. -이/가

為主格助詞,加在名詞後方,該名詞則為句子的主詞。如果名詞以母音結束,就加가;如果名詞以子音結束,則加이。

2. -(ㅂ)습니다

加在動詞、形容詞和敘述格助詞이다(是)的語幹後方,表示敘述型終結語尾。此為相當正式的敬語用法,為「格式體尊敬形」。若語幹的末音節為母音時,就使用「ㅂ니다」,若為子音時,則使用「습니다」。

句型一

韓語句型	中譯
N 이/가 어떻습니까?	主語（N）如何？

注釋

「어떻다」為形容詞，表示「如何／怎麼樣」。

例句

그림이 어떻습니까?

geu.ri.mi/o*.do*.sseum.ni.ga

圖畫如何？

성적이 어떻습니까?

so*ng.jo*.gi/o*.do*.sseum.ni.ga

成績如何？

외모가 어떻습니까?

we.mo.ga/o*.do*.sseum.ni.ga

外貌如何？

날씨가 어떻습니까?

nal.ssi.ga/o*.do*.sseum.ni.ga

天氣如何？

句型二

韓語句型	中譯
N이/가 A ㅂ/습니다.	主語（N）+ A （形容N的狀態）

注釋

1. N（名詞）當作主語。

2. A為形容詞。

例句

강아지가 귀엽습니다.

gang.a.ji.ga/gwi.yo*p.sseum.ni.da

小狗可愛。

꽃이 예쁩니다.

go.chi/ye.beum.ni.da

花漂亮。

풍경이 아름답습니다.

pung.gyo*ng.i/a.reum.dap.sseum.ni.da

風景美。

날씨가 나쁩니다.

nal.ssi.ga/na.beum.ni.da

天氣不好。

韓語句型	中譯
N 이/가 A ㅂ/습니까?	主語（N）+ A 嗎？ （疑問句）

注釋

1. N（名詞）當作主語。

2. A為形容詞。

例句

짐이 무섭습니까?

ji.mi/mu.go*p.sseum ni ga

行李重嗎？

돈이 많습니까?

do.ni/man.sseum.ni.ga

錢多嗎？

머리가 깁니까?

mo*.ri.ga/gim.ni.ga

頭髮長嗎？

차가 따뜻합니까?

cha.ga/da.deu.tam.ni.ga

茶熱嗎？

句型四

韓語句型	中譯
N 이/가 A 지 않습니다.	主語（N）不 A。

注釋

1. 為否定句的用法。

2. 也可使用은/는取代主格助詞이/가，表示「強調」。

例句

지갑이 좋지 않습니다.

ji.ga.bi/jo.chi/an.sseum.ni.da

皮夾不好。

반찬이 맛있지 않습니다.

ban.cha.ni/ma.sit.jji/an.sseum.ni.da

小菜不好吃。

그녀는 예쁘지 않습니다.

geu.nyo*.neun/ye.beu.ji/an.sseum.ni.da

她不漂亮。

여기는 덥지 않습니다.

yo*.gi.neun/do*p.jji/an.sseum.ni.da

這裡不熱。

句型五

韓語句型	中譯
N 이/가 안 A ㅂ/습니다.	主語 (N) 不A。

注釋

為否定句的用法，和句型四意義相同。

例句

문제가 안 어렵습니다.
mun.je.ga/an/o*.ryo*p.sseum.ni.da
問題不難。

그 남자는 안 멋있습니다.
geu/nam.ja.neun/an/mo*t.sit.sseum.ni.da
那個男生不帥。

도서관이 안 조용합니다.
do.so*.gwa.ni/an/jo.yong.ham.ni.da
圖書館不安靜。

가방이 안 무겁습니다.
ga.bang.i/an/mu.go*p.sseum.ni.da
包包不重。

句型六

韓語句型	中譯
大 N 은/는 小 N 이/가 A ㅂ/습니다.	大N的小N + A

注釋

在雙重主語的句子中，大主語（大 N）用은/는，小主語（小 N）用이/가。

例句

한국은 사계절이 분명합니다.
han.gu.geun/sa.gye.jo*.ri/bun.myo*ng.ham.ni.da
韓國四季分明。

오늘은 바람이 붑니다.
o.neu.reun/ba.ra.mi/bum.ni.da
今天有風。

제주도는 귤이 답니다.
je.ju.do.neun/gyu.ri/dam.ni.da
濟州島橘子甜。

이곳은 단풍이 아름답습니다.
i.go.seun/dan.pung.i/a.reum.dap.sseum.ni.da
這裡的楓葉很美。

춥다 chup.da 寒冷	성적 so*ng.jo*k 成績
어떻다 o*.do*.ta 如何/怎麼樣	외모 we.mo 外貌
날씨 nal.ssi 天氣	강아지 yang.a.ji 小狗
귀엽다 gwi.yo*p.da 可愛	꽃 got 花
풍경 pung.gyo*ng 風景	아름답다 a.reum.dap.da 美麗/漂亮

나쁘다
na.beu.da
壞/不好

짐
jim
行李

무겁다
mu.go*p.da
重

머리
mo*.ri
頭/頭髮

길다
gil.da
長

따뜻하다
da.deu.ta.da
溫暖

덥다
do*p.da
熱

반찬
ban.chan
小菜

맛있다
ma.sit.da
好吃/美味

사람
sa.ram
人

문제 mun.je 問題	어렵다 o*.ryo*p.da 難
조용하다 jo.yong.ha.da 安靜	사계절 sa.gye.jo*l 四季
단풍 dan.pung 楓葉	분명하다 bun.myo*ng.ha.da 分明／清楚
바람 ba.ram 風	제주도 je.ju.do 濟州島（地名）
귤 gyul 橘子	이곳 i.got 這地方

第11課

아이가 돌아옵니다.

a.i.ga/do.ra.om.ni.da

孩子回來。

文法説明

1. -이/가

為主格助詞,加在名詞後方,該名詞則為句子的主詞。如果名詞以母音結束,就加가;如果名詞以子音結束,則加이。

2. -(ㅂ)습니다

加在動詞、形容詞和敘述格助詞이다(是)的語幹後方,表示敘述型終結語尾。此為相當正式的敬語用法,為「格式體尊敬形」。若語幹的末音節為母音時,就使用「ㅂ니다」,若為子音時,則使用「습니다」。

句型一

韓語句型	中譯
N 이/가 V ㅂ/습니다.	主語（N）+ V （表示N的動作）

注釋

N為主語。

例句

눈이 내립니다.
nu.ni/ne*.rim.ni.da
下雪。

비가 옵니다.
bi.ga/om.ni.da
下雨。

전화가 옵니다.
jo*n.hwa.ga/om.ni.da
電話響。

아이가 잡니다.
a.i.ga/jam.ni.da
孩子睡覺。

句型二

韓語句型	中譯
N 이/가 V ㅂ/습니까?	主語（N）+ V （疑問句）

注釋

N為主語。

例句

학생이 공부합니까?

hak.sse*ng.i/gong.bu.ham.ni.ga

學生讀書嗎？

버스가 달립니까?

bo*.seu.ga/dal.lim.ni.ga

公車行駛嗎？

아이가 웃습니까?

a.i.ga/ut.sseum.ni.ga

孩子笑了嗎？

비가 내립니까?

bi.ga/ne*.rim.ni.ga

下雨嗎？

句型三

韓語句型	中譯
（人物 N）께서 V ＋(으)십니다.	主語 （人物 N）做某事。

注釋

尊敬主語時，主格助詞要使用께서來取代이/가，同時
在後面的動詞語幹後接上－(으)시，以表示尊敬。

例句

할아버님께서 댁에 돌아가십니다.

ha.ra.bo*.nim.ge.so* de*.ge do.ra.ga.sim.ni.da

爺爺回家。

박 교수님께서 한국어를 가르치십니다.

hak gyo.su.nim.ge.so* han.gu.go*.reul ga.reu.chi.
sim.ni.da

朴教授教韓語。

이 사장님께서 외출하십니다.

i sa.jang.nim.ge.so* we.chul.ha.sim.ni.da

李社長外出。

句型四

韓語句型	中譯
(제/내/네/누)가 +	(我 / 你 / 誰)
V (N + 이다)	做某事 (是 N)

注釋

第一人稱代名詞「나, 저 (我)」,第二人稱代名詞
「너 (你)」,以及未知稱「누구 (誰)」,後面接
上主格助詞「가」時,會分別變成내가, 제가, 네가,
누가的型態。

例句

제가 일을 합니다.
je.ga/i.reul/ham.ni.da
我做工作。

누가 전화를 합니까?
nu.ga/jo*n.hwa.reul/ham.ni.ga
誰打電話?

네가 학생이니?
ni.ga/hak.sse*ng.i.ni
你是學生嗎?(非敬語用法)

눈
nun
雪／眼睛

내리다
ne*.ri.da
下／落

비
bi
雨

자다
ja.da
睡覺

달리다
dal.li.da
跑／奔馳／行駛

댁
de*k
家（집的敬語）

외출하다
we.chul.ha.da
外出／出門

이
i
李（姓氏）

누구
nu.gu
誰

第12課

다음 주에 부산에 가요.

da.eum/ju.e/bu.sa.ne/ga.yo

下星期去釜山。

文法説明

1. 時間名詞 + 에

當에接在時間名詞後方時，表示動作或事情發生的時間點。

2. 處所名詞 + 에

當에後面出現가다、오다等方向性動詞時，表示行進的方向或目的地。

3. ―아/어요

為對聽話者表示尊敬的終結語尾，和格式體尊敬形的「(ㅂ)습니다」相比，雖然較不正式，卻是韓國人日常生活中最常用的尊敬形態。「아/어요」可以使用在敘述句和疑問句上，若使用在疑問句上，句尾音調要上揚。

「아/어요」接在動詞、形容詞後方，當語幹的母音是「ㅏ.ㅗ」時，就接아요；如果語幹的母音不是「ㅏ.ㅗ」時，就接「어요」；如果是하다類的詞彙，就接여요，兩者結合後會變成해요。

句型一

韓語句型	中譯
○○은/는 N예요/이에요.	○○是N。

注釋

當「아/어요」遇到敘述格助詞이다時，會變成「예요」或「이에요」的型態。當이다前面的名詞是以母音結束，就接예요；當이다前面的名詞是以子音結束，則接이에요。

例句

나는 박민정이에요.
na.neun/bang.min.jo*ng.i.e.yo
我是朴敏靜。

그 아이는 여자예요.
geu/a.i.neun/yo*.ja.ye.yo
那個孩子是女生。

그것은 냉장고예요.
geu.go*.seun/ne*ng.jang.go.ye.yo
那是冰箱。

句型二

韓語句型	中譯
○○은/는 N 이/가 아니에요.	○○不是N。

注釋

1. ○○為主語。

2. 當「아/어요」遇到아니다時，會變成「아니에요」的型態。

例句

나는 도둑이 아니에요.

na.neun/do.du.gi/a.ni.e.yo

我不是小偷。

숙민 씨는 한국 사람이 아니에요?

sung.min/ssi.neun/han.guk/sa.ra.mi/a.ni.e.yo

淑敏不是韓國人嗎？

여기는 도시가 아니에요?

yo*.gi.neun/do.si.ga/a.ni.e.yo

這裡不是都市嗎？

이것은 속옷이 아니에요.

i.go*.seun/so.go.si/a.ni.e.yo

這不是內衣。

句型三

韓語句型	中譯
N 을/를 V아/어요.	（做）N。

注釋

「아/어요」接在動詞後方時，若動詞語幹的母音是
「ㅏ.ㅗ」，就接이요；動詞語幹的母音不是「ㅏ.ㅗ」
時，就接「어요」；如果是하다類的動詞，就使用
「해요」的型態。

例句

영화를 봐요.

yo*ng hwa reul/bwa.yo

看電影。

녹차를 마셔요.

nok.cha.reul/ma.syo*.yo

喝綠茶。

운동을 좋아해요.

un.dong.eul/jjo.a.he*.yo

喜歡運動。

句型四

韓語句型	中譯
N 은/는 V 아/어요.	N 做某事

注釋

N 為主語。

例句

우리는 운동장에 가요.

u.ri.neun/un.dong.jang.e/ga.yo

我們去運動場。

그는 방에서 울어요.

geu.neun/bang.e.so*/u.ro*.yo

他在房間哭。

엄마는 야채를 사요.

o*m.ma.neun/ya.che*.reul/ssa.yo

媽媽買蔬菜。

그녀는 쇼핑을 가요.

geu.nyo*.neun/syo.ping.eul/ga.yo

她去購物。

韓語句型	中譯
○○은/는 N에 V아/어요.	○○某時間做某事

注釋

1. N為時間名詞。

2. 에為表示時間點的助詞。

例句

우리는 화요일에 쇼핑몰에 가요.

u.ri.neun/hwa.yo.i.re/syo.ping.mo.re/ga.yo

我們星期二去購物中心。

나는 다음 달에 중국에 가요.

na.neun/da.eum/da.re/jung.gu.ge/ga.yo

我下個月去中國。

오빠는 주말에 뭐 해요?

o.ba.neun/ju.ma.re/mwo/he*.yo

哥哥週末要做什麼?

여동생은 내년에 졸업해요.

yo*.dong.se*ng.eun/ne*.nyo*.ne/jo.ro*.pe*.yo

妹妹明年畢業。

韓語句型	中譯
○○은/는 N에도 ○○	在某時間也做某事

注釋

「도」可以接在表時間點的에後方，表示「在那個時間也…」。

例句

민지는 주말에도 회사에 가요.

min.ji.neun/ju.ma.re.do/hwe.sa.e/ga.yo

旼志週末也去上班。

나는 밤에도 라면을 먹어요.

na.neun/ba.me.do/ra.myo*.neul/mo*.go*.yo

我晚上也吃泡麵。

누나는 아침에도 샤워를 해요.

nu.na.neun/a.chi.me.do/sya.wo.reul/he*.yo

姊姊早上也沖澡。

형은 월요일에도 여자친구를 만나요.

hyo*ng.eun/wo.ryo.i.re.do/yo*.ja.chin.gu.reul/

man.na.yo

哥哥星期一也見女朋友。

句型七

韓語句型	中譯
時間N에는 V아/어요.	強調時間N

注釋

「는」可以接在表時間點的에後方,表示「強調」。

例如,일요일에는表示強調是일요일(星期日)。

會話

Ⓐ 일요일에도 회사에 가요?

i.ryo.i.re.do/hwe.sa.e/ga.yo

星期日也去公司嗎?

Ⓑ 아니요. 일요일에는 집에서 드라마를 봐
요.

a.ni.yo//i.ryo.i.re.neun/ji.be.so*/deu.ra.ma.reul/
bwa.yo

不,星期日在家裡看連續劇。

다음 주 da.eum ju 下星期	아들 a.deul 兒子
냉장고 ne*ng.jang.go 冰箱	도둑 do.duk 小偷
도시 do.si 都市	속옷 so.got 內衣
녹차 nok.cha 綠茶	운동장 un.dong.jang 運動場
울다 ul.da 哭	야채 ya.che* 蔬菜

쇼핑몰 syo.ping.mol 購物中心	중국 jung.guk 中國
내년 ne*.nyo*n 明年	졸업하다 jo.ro*.pa.da 畢業
밤 bam 晚上	라면 ra.myo*n 泡麵／方便麵
아침 a.chim 早上／早餐	드라마 deu.ra.ma 連續劇

第13課

나는 영어와 한국어를 배워요.

na.neun/yo*ng.o*.wa/han.gu.go*.reul/be*.wo.yo

我學習英語和韓國語。

文法說明

1. -와/과/하고

表示並列，相當於中文的「和」。當名詞以母音結束，就接「와」；當名詞以子音結束，就接「과」；「하고」常用於日常對話中，直接加在母音或子音結束的名詞後面即可。

2. -을/를

為受格助詞，接在名詞後方，該名詞則為及物動詞的受格，表示動作或作用的對象。如果名詞以母音結束，就加를；如果名詞以子音結束，則加을。

3. -아/어요

為對聽話者表示尊敬的終結語尾，可以使用在敘述句和疑問句上，若使用在疑問句上，句尾音調要上揚。「아/어요」接在動詞、形容詞後方，當語幹的母音是「ㅏㆍㅗ」時，就接아요；如果語幹的母音不是「ㅏㆍㅗ」時，就接「어요」；如果是하다類的詞彙，就接여요，兩者結合後會變成해요。

句型一

韓語句型	中譯
N와 N	N和N

注釋

「와」接在以母音結束的名詞後方。

例句

영희와 민지는 우리 반 친구예요.
yo*ng.hi.wa/min.ji.neun/u.ri/ban/chin.gu.ye.yo

英熙和旼志是我的同班同學。

우유와 주스를 마셔요.
u.yu.wa/ju.seu.reul/ma.syo*.yo

喝牛奶和果汁。

사과와 포도를 좋아해요.
sa.gwa.wa/po.do.reul/jjo.a.he*.yo

喜歡蘋果和葡萄。

소고기와 돼지고기를 먹어요.
so.go.gi.wa/dwe*.ji.go.gi.reul/mo*.go*.yo

吃牛肉和豬肉。

句型二

韓語句型	中譯
N과 N	N和N

注釋

「과」接在以子音結束的名詞後方。

例句

소설책과 만화책을 봐요.

so.so*l.che*k.gwa/man.hwa.che*.geul/bwa.yo

看小說和漫畫。

가방과 운동화를 사요.

ga.bang.gwa/un.dong.hwa.reul/ssa.yo

買包包和運動鞋。

오늘과 내일은 선생님을 만나요.

o.neul.gwa/ne*.i.reun/so*n.se*ng.ni.meul/man.

na.yo

今天和明天見老師。

이것과 그것은 내 거예요.

i.go*t.gwa/geu.go*.seun/ne*/go*.ye.yo

這個和那個是我的東西。

句型三

韓語句型	中譯
N 하고 N	N 和 N

注釋

「하고」接在以母音或子音結束的名詞後方。

例句

오빠하고 언니는 대학생이에요.

o.ba.ha.go/o*n.ni.neun/de*.hak.sse*ng.i.e.yo

哥哥和姊姊是大學生。

케이크하고 빵을 만들어요.

ke.i.keu.ha.go/bang.eul/man.deu.ro*.yo

製作蛋糕和麵包。

과일하고 야채를 팔아요.

gwa.il.ha.go/ya.che*.reul/pa.ra.yo

賣水果和蔬菜。

명동하고 동대문에 가요.

myo*ng.dong.ha.go/dong.de*.mu.ne/ga.yo

去明洞和東大門。

句型四

韓語句型	中譯
N와/과/하고 같이	和N一起做某事

注釋

같이是副詞，意思為「一起」。

例句

친구와 같이 콘서트에 가요.

chin.gu.wa/ga.chi/kon.so*.teu.e/ga.yo

和朋友一起去聽演唱會。

어머니하고 같이 요리를 해요.

o*.mo*.ni.ha.go/ga.chi/yo.ri.reul/he*.yo

和媽媽一起做菜。

선배와 같이 아침을 먹어요.

so*n.be*.wa/ga.chi/a.chi.meul/mo*.go*.yo

和前輩一起吃早餐。

남편과 같이 산책 가요.

nam.pyo*n.gwa/ga.chi/san.che*k/ga.yo

和丈夫一起去散步。

반 친구 ban/chin.gu 同班同學	사과 sa.gwa 蘋果
포도 po.do 葡萄	소고기 so.go.gi 牛肉
소실색 so.so*l.che*k 小說	운동하 un.dong.hwa 運動鞋
케이크 ke.i.keu 蛋糕	콘서트 kon.so*.teu 演唱會
남편 nam.pyo*n 丈夫／老公	산책 san.che*k 散步

책은 책상 위에 있어요.

che*.geun/che*k.ssang/wi.e/i.sso*.yo

書在書桌上。

文法說明

1. - 은/는

為補助助詞,用來表示句子的主題或闡述的對象,「은/는」接在名詞後方,表示該名詞即是句子的主題(主語)。當名詞以母音結束,要加는,當名詞以子音結束,則加은。

2. - N 은/는 地點에 있다/없다

表示N在(不在)某個地方。當N在某個地方時,使用「N 은/는 地點에 있다」的句型;當N不在某個地方,就使用「N 은/는 地點에 없다」的句型。

3. - 아/어요

為對聽話者表示尊敬的終結語尾,可以使用在敘述句和疑問句上,若使用在疑問句上,句尾音調要上揚。「아/어요」接在動詞、形容詞後方,當語幹的母音是「ㅏ.ㅗ」時,就接아요;如果語幹的母音不是「ㅏ.ㅗ」時,就接「어요」;如果是하다類的詞彙,就接여요,兩者結合後會變成해요。

句型一

韓語句型	中譯
N은/는 어디에 있어요?	N在哪裡?

注釋

어디為代名詞,表示「哪裡」。

例句

화장실은 어디에 있어요?
hwa.jang.si.reun/o*.di.e/i.sso*.yo
化妝室在哪裡?

우체국은 어디에 있어요?
u.che.gu.geun/o*.di.e/i.sso*.yo
郵局在哪裡?

의자는 어디에 있어요?
ui.ja.neun/o*.di.e/i.sso*.yo
椅子在哪裡?

자동차는 어디에 있어요?
ja.dong.cha.neun/o*.di.e/i.sso*.yo
汽車在哪裡?

句型二

韓語句型	中譯
○○은/는 N에 있어요.	○○在N。

注釋

1. ○○為主語。

2. N為地點、處所名詞。

例句

화장실은 위층에 있어요.

hwa.jang.si.reun/wi.cheung.e/i.sso*.yo

化妝室在樓上。

컵은 식탁 위에 있어요.

ko*.beun/sik.tak/wi.e/i.sso*.yo

杯子在餐桌上。

고양이는 나무 아래에 있어요.

go.yang.i.neun/na.mu/a.re*.e/i.sso*.yo

貓咪在樹下。

컴퓨터는 내 방에 있어요.

ko*m.pyu.to*.neun/ne*/bang.e/i.sso*.yo

電腦在我房間。

句型三

韓語句型	中譯
○○은/는 N에 없어요.	○○不在N。

注釋

1. ○○為主語。

2. N為地點、處所名詞。

例句

학생은 교실에 없어요.

hak.sse*ng.eun/gyo.si.re/o*p.sso*.yo

學生不在教室。

타월이 욕실 안에 없어요.

ta.wo.ri/yok.ssil/a.ne/o*p.sso*.yo

毛巾不在浴室裡。

열쇠는 가방 안에 없어요.

yo*l.swe.neun/ga.bang/a.ne/o*p.sso*.yo

鑰匙不在包包裡。

가구는 삼층에 없어요.

ga.gu.neun/sam.cheung.e/o*p.sso*.yo

家具不在三樓。

句型四

韓語句型	中譯
N에(는) 뭐가 있어요?	在N有什麼？

注釋

1. N為地點、處所名詞。

2. 뭐為代名詞，表示「什麼」。

例句

서랍 안에 뭐가 있어요?

so*.rap/a.ne/mwo.ga/i.sso*.yo

抽屜裡有什麼？

지하 일층에는 뭐가 있어요?

ji.ha/il.cheung.e.neun/mwo.ga/i.sso*.yo

地下一樓有什麼？

백화점에는 뭐가 있어요?

be*.kwa.jo*.me.neun/mwo.ga/i.sso*.yo

百貨公司有什麼？

냉장고 안에 뭐가 있어요?

ne*ng.jang.go/a.ne/mwo.ga/i.sso*.yo

冰箱裡有什麼？

句型五

韓語句型	中譯
N에(는) ○○이/가 있어요.	在N有○○。

注釋

－N이/가 있다/없다

接在名詞後方，表示事物的存在與否，相當於中文的
「有／沒有…」。

例句

백화점 오층에는 서점이 있어요.

be*.kwa.jo*m/o.cheung.e.neun/so*.jo*.mi/i.sso*.yo

百貨公司五樓有書店。

사무실에는 복사기가 있어요.

sa.mu.si.re.neun/bok.ssa.gi.ga/i.sso*.yo

辦公室有影印機。

휴지통 안에는 돈이 있어요.

hyu.ji.tong/a.ne.neun/do.ni/i.sso*.yo

垃圾桶裡有錢。

책상 아래에는 수첩이 있어요.

che*k.ssang/a.re*.e.neun/su.cho*.bi/i.sso*.yo

書桌下有小冊子。

句型六

韓語句型	中譯
○○은/는 N에도 있어요.	○○在 N 也有。

注釋

1. ○○為主語。

2. N為地點、處所名詞。

例句

식당은 칠층에도 있어요.

sik.dang.eun/chil.cheung.e.do/i.sso*.yo

餐廳七樓也有。

음료수는 냉장고 안에도 있어요.

eum.nyo.su.neun/ne*ng.jang.go/a.ne.do/i.sso*.yo

飲料冰箱裡也有。

종이는 책장에도 있어요.

jong.i.neun/che*k.jjang.e.do/i.sso*.yo

紙書櫃上也有。

만년필은 내 가방 안에도 있어요.

man.nyo*n.pi.reun/ne*/ga.bang/a.ne.do/i.sso*.yo

鋼筆我包包裡也有。

책상 che*k.ssang 書桌	위 wi 上面／上方
우체국 u.che.guk 郵局	의자 ui.ja 椅子
지동차 ja.dong.cha 汽車	위층 wi.cheung 樓上／二樓
집 ko*p 杯子	식탁 sik.tak 餐桌
고양이 go.yang.i 貓咪	나무 na.mu 樹木

아래
a.re*
下方／下面

타월
ta.wol
毛巾

욕실
yok.ssil
浴室

열쇠
yo*l.swe
鑰匙

가구
ga.gu
家具

삼층
sam.cheung
三樓

서랍
so*.rap
抽屜

지하
ji.ha
地下室

일층
il.cheung
一樓

냉장고
ne*ng.jang.go
冰箱

안 an 內部／裡面	복사기 bok.ssa.gi 影印機
휴지통 hyu.ji.tong 垃圾桶	아래 a.re* 下面
수첩 su.cho*p 小冊子／手冊	칠층 chil.cheung 七樓
음료수 eum.nyo.su 飲料	종이 jong.i 紙
책장 che*k.jjang 書櫃	만년필 man.nyo*n.pil 鋼筆

어제 이웃을 만났어요.

o*.je/i.u.seul/man.na.sso*.yo

昨天遇到鄰居了。

文法說明

1. －을/를

為受格助詞，接在名詞後方，該名詞則為及物動詞的受格，表示動作或作用的對象。如果名詞以母音結束，就加를；如果名詞以子音結束，則加을。

2. －았/었/였 過去式

韓文句子的過去式句型，就是將「았/었/였」加在動詞、形容詞或이다的語幹後方。當語幹的母音是「ㅏ.ㅗ」時，就接았；如果語幹的母音不是「ㅏ.ㅗ」時，就接었；如果是하다類的詞彙，就接였，兩者結合後會變成했。當이다前面的名詞是以母音結束，就接였；當이다前面的名詞是以子音結束，則接이었。

3. －아/어요

當「아/어요」接在過去式았/었/였的後方時，一律使用어요。

句型一

韓語句型	中譯
N + 였/이었어요.	敘述在過去曾經是N。

注釋

此句型表示主語（N은/는）過去曾經是N。

例句

그는 군인이었어요.

geu.neun/gu.ni.ni.o*.sso*.yo

他以前是軍人。

저는 은행 직원이었습니다.

jo*.neun/eun.he*ng/ji.gwo.ni.o*t.sseum.ni.da

我曾經是銀行職員。

형은 변호사였어요.

hyo*ng.eun/byo*n.ho.sa.yo*.sso*.yo

哥哥以前是律師。

어머님은 기자였습니다.

o*.mo*.ni.meun/gi.ja.yo*t.sseum.ni.da

媽媽過去是記者。

句型二

韓語句型	中譯
N 이/가 아니었어요.	敘述在過去不是N。

注釋

此句型表示主語（N 은/는）過去不是N。

例句

이것은 무료가 아니었어요.

i.go*.seun/mu.ryo.ga/a.ni.o*.sso*.yo

這個不是免費的。

이 손목시계는 제 선물이 아니었습니다.

i/son.mok.ssi.gye.neun/je/so*n.mu.ri/a.ni.o*t.

sseum.ni.da

這支手錶不是我的禮物。

그는 내 이상형이 아니었어요.

geu.neun/ne*/i.sang.hyo*ng.i/a.ni.o*.sso*.yo

他不是我的理想型。

그녀는 미인이 아니었어요.

geu.nyo*.neun/mi.i.ni/a.ni.o*.sso*.yo

她以前不是美女。

句型三

韓語句型	中譯
V + 았/었어요.	敘述過去的動作或行為

注釋

當動詞語幹的母音是「ㅏ.ㅗ」時，就接「았」；如果
動詞語幹的母音不是「ㅏ.ㅗ」時，就接「었」。

例句

음악을 들었어요.
eu.ma.geul/deu.ro*.sso*.yo

聽了音樂。

콜라를 마셨어요.
kol.la.reul/ma.syo*.sso*.yo

喝了可樂。

돌솥비빔밥을 먹었습니다.
dol.sot.bi.bim.ba.beul/mo*.go*t.sseum.ni.da

吃了石鍋拌飯。

새 구두를 샀습니다.
se*/gu.du.reul/ssat.sseum.ni.da

買了新皮鞋。

句型四

韓語句型	中譯
A + 았/었어요.	敘述過去的狀態或感受

注釋

當形容詞語幹的母音是「ㅏ.ㅗ」時，就接「았」；如果形容詞語幹的母音不是「ㅏ.ㅗ」時，就接「었」。

例句

경치가 아름다웠어요.

gyo*ng.chi.ga/a.reum.da.wo.sso*.yo

風景很美麗。

한국요리가 맛있었어요.

han.gu.gyo.ri.ga/ma.si.sso*.sso*.yo

韓國料理很美味。

김치가 매웠습니다.

gim.chi.ga/me*.wot.sseum.ni.da

泡菜很辣。

약이 썼습니다.

ya.gi/sso*t.sseum.ni.da

藥很苦。

句型五

韓語句型	中譯
(하다類) V/A + 했어요.	敘述過去的行為或狀態

注釋

如果是하다類的詞彙，就在語幹後方接였，兩者結合
後會變成했。

例句

그는 퇴근했어요.

geu.neun/twe.geun.he*.sso*.yo

他下班了。

공원에서 운동했습니다.

gong.wo.ne.so*/un.dong.he*t.sseum.ni.da

我在公園運動了。

바람이 시원했어요.

ba.ra.mi/si.won.he*.sso*.yo

風很涼爽。

날씨가 따뜻했습니다.

nal.ssi.ga/da.deu.te*t.sseum.ni.da

天氣很溫暖。

句型六

韓語句型	中譯
V + 았/었어요?	詢問過去的行為或動作

注釋

此句型用來詢問對方過去的行為或動作。

例句

도쿄에 갔어요?

do.kyo.e/ga.sso*.yo

去東京了嗎?

밥은 먹었습니까?

ba.beun/mo*.go*t.sseum.ni.ga

吃飯了嗎?

문을 열었어요?

mu.neul/yo*.ro*.sso*.yo

開門了嗎?

그 책은 읽어봤습니까?

geu/che*.geun/il.go*.bwat.sseum.ni.ga

那本書看了嗎?

句型七

韓語句型	中譯
A + 았/었어요?	詢問過去狀態或感受

注釋

此句型用來詢問對方過去的狀態或感受。

例句

한국은 재미있었어요?

han.gu.geun/je*.mi.i.sso*.sso*.yo

韓國好玩嗎?

영화는 좋았습니까?

yo*ng.hwa.neun/jo.at.sseum.ni.ga

電影好看嗎?

시험은 어려웠어요?

si.ho*.meun/o*.ryo*.wo.sso*.yo

考試難嗎?

문제는 쉬웠습니까?

mun.je.neun/swi.wot.sseum.ni.ga

問題簡單嗎?

句型八

韓語句型	中譯
（하다類）V/A + 했어요?	詢問過去的動作或狀態

注釋

此句型用來詢問對方過去的動作或狀態。

例句

손님이 도착했어요?

son.ni.mi/do.cha.ke*.sso*.yo

客人抵達了嗎？

김나나 씨는 결혼했습니까?

gim.na.na/ssi.neun/gyo*l.hon.he*t.sseum.ni.ga

金娜娜結婚了嗎？

아주머님은 친절했어요?

a.ju.mo*.ni.meun/chin.jo*l.he*.sso*.yo

阿姨親切嗎？

그때는 행복했습니까?

geu.de*.neun/he*ng.bo.ke*t.sseum.ni.ga

那時候你幸福嗎？

句型九

韓語句型	中譯
N(에) 무엇을 했어요?	某時間點在做什麼?

注釋

注意「언제(何時), 어제(昨天), 오늘(今天), 내일(明天)」這幾個時間名詞後方,不需接「에」。

會話

A 어제 무엇을 했어요?

o*.je/mu.o*.seul/he*.sso*.yo

你昨天在做什麼?

B 어제 고향에 돌아갔어요.

o*.je/go.hyang.e/do.ra.ga.sso*.yo

昨天回故鄉。

. . . .

A 지난 주 일요일에 무엇을 했어요?

ji.nan/ju/i.ryo.i.re/mu.o*.seul/he*.sso*.yo

上星期日你在做什麼?

B 집에서 청소를 했어요.

ji.be.so*/cho*ng.so.reul/he*.sso*.yo

在家裡打掃。

군인 gu.nin 軍人	은행 eun.he*ng 銀行
직원 ji.gwon 職員	기자 gi.ja 記者
무료 mu.ryo 免費	이상형 i.sang.hyo*ng 理想型
돌솥비빔밥 dol.sot.bi.bim.bap 石鍋拌飯	구두 gu.du 皮鞋
경치 gyo*ng.chi 風景	김치 gim.chi 泡菜

퇴근하다 twe.geun.ha.da 下班	시원하다 si.won.ha.da 涼爽
따뜻하다 da.deu.ta.da 溫暖	문 mun 門
재미있다 je*.mi.it.da 好玩／有趣	도착하다 do.cha.ka.da 抵達
결혼하다 gyo*l.hon.ha.da 結婚	친절하다 chin.jo*l.ha.da 親切
행복하다 he*ng.bo.ka.da 幸福	구경하다 gu.gyo*ng.ha.da 觀賞／參觀

第16課

오늘은 무슨 요일이에요?

o.neu.reun/mu.seun/yo.i.ri.e.yo

今天星期幾？

文法説明

1. -은/는

為補助助詞，用來表示句子的主題或闡述的對象，「은/는」接在名詞後方，表示該名詞即是句子的主題（主語）。當名詞以母音結束，要加는，當名詞以子音結束，則加은。

2. -무슨

放在名詞前方，用來詢問對方某一限定名詞的種類或屬性。

3. -아/어요

當「아/어요」遇到敍述格助詞이다時，會變成「에요」或「이에요」的型態。當이다前面的名詞是以母音結束，就接에요；當이다前面的名詞是以子音結束，則接이에요。

句型一

韓語句型	中譯
ㅇㅇ은/는 무슨 요일이에요?	ㅇㅇ是星期幾？

注釋

「무슨」為冠形詞，表示「什麼的」。

會話

A 월급날은 무슨 요일이에요?

wol.geum.na.reun/mu.seun/yo.i.ri.e.yo

發薪日是星期幾？

B 월급날은 수요일이에요.

wol.geum.na.reun/su.yo.i.ri.e.yo

發薪日是星期三。

. . . .

A 내일은 무슨 요일이에요?

ne*.i.reun/mu.seun/yo.i.ri.e.yo

明天星期幾？

B 내일은 금요일이에요.

ne*.i.reun/geu.myo.i.ri.e.yo

明天星期五。

句型二

韓語句型	中譯
○○은/는 무슨 N 예/이에요?	○○是什麼N呢？

注釋

名詞（N）若以母音結束，使用예요；名詞以子音結束，使用이에요。

會話

Ⓐ 오늘은 무슨 날이에요?

o.neu.reun/mu.seun/na.ri.e.yo

今天是什麼日子呢？

Ⓑ 오늘은 추석이에요.

o.neu.reun/chu.so*.gi.e.yo

今天是中秋。

· · · · · · · · · · · · · · · · · · · ·

Ⓐ 이것은 무슨 고기예요?

i.go*.seun/mu.seun/go.gi.ye.yo

這是什麼肉？

Ⓑ 그것은 양고기예요.

geu.go*.seun/yang.go.gi.ye.yo

那是羊肉。

句型三

韓語句型	中譯
언제 + V	什麼時候做某事

注釋

「언제」可當作代名詞、副詞來使用，表示「什麼時候／何時」。

會話

Ⓐ 언제 대만에 왔어요?

u*n.je/de*.ma.ne/wa.sso*.yo

你什麼時候來台灣的？

Ⓑ 지난 달에 왔어요.

ji.nan/da.re/wa.sso*.yo

上個月來的。

. . . .

Ⓐ 언제 역사 시험을 봐요?

o*n.je/yo*k.ssa/si.ho*.meul/bwa.yo

什麼時候考歷史呢？

Ⓑ 오후에 역사 시험을 봐요.

o.hu.e/yo*k.ssa/si.ho*.meul/bwa.yo

下午考歷史。

句型四

韓語句型	中譯
○○은/는 며칠입니까?	○○是幾號？

注釋

○○為主語。

會話

A 오늘은 며칠입니까?

o.neu.reun/myo*.chi.rim.ni.ga

今天是幾號？

B 오늘은 십오일입니다.

o.neu.reun/si.bo.i.rim.ni.da

今天是十五號。

. . . .

A 기말 고사는 며칠이에요?

gi.mal/go.sa.neun/myo*.chi.ri.e.yo

期末考是幾號？

B 기말 고사는 이십이일이에요.

gi.mal/go.sa.neun/i.si.bi.i.ri.e.yo

期末考是二十二號。

句型五

韓語句型	中譯
N 은/는 몇 월 며칠입니까?	N 是幾月幾號？

注釋

月份和日期都要使用漢字音數字，例如：（십일월 이
십칠일 11月27日）。

會話

A 당신 생일은 몇 월 며칠입니까?
dang.sin/se*ng.i.reun/myo*t/wol/myo*.chi.rim.ni.ga
你的生日是幾月幾號？

B 내 생일은 칠월 사일입니다.
ne*/se*ng.i.reun/chi.rwol/sa.i.rim.ni.da
我的生日是七月四號。

- -

A 성탄절은 몇 월 며칠입니까?
so*ng.tan.jo*.reun/myo*t/wol/myo*.chi.rim.ni.ga
聖誕節是幾月幾號？

B 성탄절은 십이월 이십오일입니다.
so*ng.tan.jo*.reun/si.bi.wol/i.si.bo.i.rim.ni.da
聖誕節是十二月二十五號。

補充語彙－星期

월요일	화요일	수요일	목요일
wo.ryo.il	hwa.yo.il	su.yo.il	mo.gyo.il
星期一	星期二	星期三	星期四
금요일	토요일	일요일	
geu.myo.il	to.yo.il	i.ryo.il	
星期五	星期六	星期日	

補充語彙－月份

일월	이월	삼월	사월
i.rwol	i.wol	sa.mwol	sa.wol
一月	二月	三月	四月
오월	유월	칠월	팔월
o.wol	yu.wol	chi.rwol	pa.rwol
五月	六月	七月	八月
구월	시월	십일월	십이월
gu.wol	si.wol	si.bi.rwol	si.bi.wol
九月	十月	十一月	十二月

월급날 wol.geum.nal 發薪日	날 nal 日子
추석 chu.so*k 中秋節	양고기 yang.go.gi 羊肉
지난 달 ji.nan/dal 上個月	역사 yo*k.ssa 歷史
오후 o.hu 下午	며칠 myo*.chil 幾號／幾天
기말 고사 gi.mal/go.sa 期末考	몇 월 myo*t/wol 幾月

第17課

이 모자는 얼마입니까?

i/mo.ja.neun/o*l.ma.im.ni.ga

這頂帽子多少錢？

文法説明

1. – 이/그/저

為冠詞，「이」用來修飾後面的名詞，表示離話者較近的事物，相當於中文的「這（個）…」；「그」指離聽話者較近的事物，或話者和聽者都知道的事物，相當於中文的「那（個）…」；「저」指離話者和聽者都較遠的事物。

2. – 은/는

為補助助詞，用來表示句子的主題或闡述的對象，「은/는」接在名詞後方，表示該名詞即是句子的主題（主語）。當名詞以母音結束，要加는，當名詞以子音結束，則加은。

3. 얼마 為代名詞，表示「多少」。

句型一

韓語句型	中譯
N은/는 얼마입니까?	N多少錢？

注釋

N為主語。

會話

A 저 외투는 얼마입니까?

jo*/we.tu.neun/o*l.ma.im.ni.ga

那件外套多少錢？

B (저 외투는) 5만원입니다.

(jo*/we.tu.neun)o.ma.nwo.nim.ni.da

那件外套五萬韓圜。

- - - - - - - - - - - - - - - - -

A 이 립스틱은 얼마입니까?

i/rip.sseu.ti.geun/o*l.ma.im.ni.ga

這支口紅多少錢？

B 팔천오백원입니다.

pal.cho*.no.be*.gwo.nim.ni.da

八千五百韓圜。

句型二

韓語句型	中譯
(이/그/저) + N	(這 / 那 / 那) 個N

注釋

「그」指離聽話者較近的事物,或話者和聽者都知道
的事物;「저」指離話者和聽者都較遠的事物。

例句

저 사람은 누구입니까?

jo*/sa.ra.meun/nu.gu.im.ni.ga

那個人是誰?

이 그릇은 얼마입니까?

i/geu.reu.seun/o*l.ma.im.ni.ga

這個碗盤多少錢?

그 음식점이 어디에 있어요?

geu/eum.sik.jjo*.mi/o*.di.e/i.sso*.yo

那間餐館在哪裡?

이 책은 한국어 회화책입니다.

i/che*.geun/han.gu.go*/hwe.hwa.che*.gim.ni.da

這本書是韓國語會話書。

句型三

韓語句型	中譯
○○에 얼마입니까?	每個○○多少錢？

注釋

1. ○○為數量名詞。

2. 當에接在表示數量的名詞之後時，表示「判斷價值的基準單位」。

例句

수박 한 개에 얼마입니까?

su.bak/han/ge*.e/o*l.ma.im.ni.ga

西瓜一個多少錢？

소주 한 병에 얼마입니까?

so.ju/han/byo*ng.e/o*l.ma.im.ni.ga

燒酒一瓶多少錢？

담배 한 갑에 얼마입니까?

dam.be*/han/ga.be/o*l.ma.im.ni.ga

香菸一盒多少錢？

시과 한 빅스에 얼마입니까?

sa.gwa/han/bak.sseu.e/o*l.ma.im.ni.ga

蘋果一箱多少錢？

句型四

韓語句型	中譯
○만○천○백 원	○萬○千○百韓圜

注釋

用韓語說物品的價格時，要使用漢字音數字。其中，
如果前面的數字是1時，則不需將일念出來。

會話

Ⓐ 모두 얼마입니까?

mo.du/o*l.ma.im.ni.ga

總共多少錢？

Ⓑ 모두 삼만팔천 원이에요.

mo.du/sam.man.pal.cho*n/wo.ni.e.yo

總共三萬八千韓圜。

• •

Ⓐ 그것은 얼마입니까?

geu.go*.seun/o*l.ma.im.ni.ga

那個多少錢？

Ⓑ 그것은 천오백 원입니다.

geu.go*.seun/cho*.no.be*k/wo.nim.ni.da

那個一千五百韓圜。

천천히 말씀하세요.

cho*n.cho*n.hi/mal.sseum.ha.se.yo

請您慢慢說。

文法說明

1. 천천히

為副詞，表示「慢慢地」。

2. 말씀하시다

為動詞말하다（說話）的尊敬型。

3. -(으)세요

接在動詞後方，表示有禮貌地請求對方做某事，可以用於祈使句表達命令。相當於中文的「請你…」。當動詞語幹以母音結束時，就使用세요；當動詞語幹以子音結束時，就要使用으세요。

句型一

韓語句型	中譯
主語（尊敬的對象）+	V +
V(으)세요	尊敬的終結語尾

注釋

-(으)세요是由終結語尾的「어요」和表示尊敬的先
行語尾「(으)시」所組合而成的型態，用來對句子中
的主語表示尊敬。

例句

저분은 중국어를 가르치세요.

jo*.bu.neun/jung.gu.go*.reul/ga.reu.chi.se.yo

他在教中文。

부장님, 무슨 자료를 보세요?

bu.jang.nim//mu.seun/ja.ryo.reul/bo.se.yo

部長，您在看什麼資料？

아빠는 방에서 주무세요.

a.ba.neun/bang.e.so*/ju.mu.se.yo

爸爸在房間睡覺。

韓語句型	中譯
主語（尊敬的對象）+	N +
N(이)세요	尊敬的終結語尾

注釋

-(이)세요用來對句子中的主語表示尊敬。

會話

Ⓐ 한국 사람이세요?

han.guk/sa.ra.mi.se.yo

您是韓國人嗎？

Ⓑ 아니요, 대만 사람이에요.

a.ni.yo//de*.man/sa.ra.mi.e.yo

不是，我是台灣人。

．．．．．．．．．．．．．．．．．．．．

Ⓐ 회계사세요?

hwe.gye.sa.se.yo

您是會計師嗎？

Ⓑ 네, 회계사예요.

ne//hwe.gye.sa.ye.yo

是的，我是會計師。

句型三

韓語句型	中譯
V + (으)세요	請您 (做) 某事

注釋

當 - (으)세요接在動詞後方時,表示尊敬的命令型終
結語尾,相當於中文的「請您…」。

例句

가세요.
ga.se.yo
請去。

주세요.
ju.se.yo
請給我。

말씀하세요.
mal.sseum.ha.se.yo
請說。

잘 들으세요.
jal/deu.reu.se.yo
請您仔細聽好。

句型四

韓語句型	中譯
N을/를 V +(으)세요	請您（做）N

注釋

當動詞語幹以母音結束時，就使用세요；當動詞語幹
以子音結束時，就要使用으세요。

例句

그것을 주세요.
geu.go*.seul/jju.se.yo
請給我那個。

편지를 읽으세요.
pyo*n.ji.reul/il.geu.se.yo
請讀信。

빵을 사세요.
bang.eul/ssa.se.yo
請買麵包。

버스를 타세요.
bo*.seu.reul/ta.se.yo
請搭公車。

句型五

韓語句型	中譯
○○ 좀 주세요.	請給我○○。

注釋

좀為副詞，可用來修飾動詞和形容詞，也可以表示「讓步、客氣」的語感。如果使用在命令句中，則表示「微婉的請求」。

例句

휴지 좀 주세요.

hyu.ji/jom/ju.se.yo

請給我衛生紙。

카페라떼 좀 주세요.

ka.pe.ra.de/jom/ju.se.yo

請給我咖啡拿鐵。

메뉴 좀 주세요.

me.nyu/jom/ju.se.yo

請給我菜單。

물수건 좀 주세요.

mul.su.go*n/jom/ju.se.yo

請給我濕巾。

句型六

韓語句型	中譯
N ○○(을/를) 주세요.	請給我○○（個）N。

注釋

表示事物數量的名詞，稱為「量詞」。例如개(個), 장
(張), 잔(杯), 벌(件)等。하나(一), 둘(二), 셋(三), 넷
(四), 스물(二十)和量詞連用時，會分別變成한, 두,
세, 네, 스무的型態。

例句

맥주 네 캔(을) 주세요.
me*k.jju/ne/ke*n(eul)/ju.se.yo
請給我四罐啤酒。

종이 세 장(을) 주세요.
jong.i/se/jang(eul)/ju.se.yo
請給我三張紙。

커피 두 잔(을) 주세요.
ko*.pi/du/jan(eul)/ju.se.yo
請給我兩杯咖啡。

句型七

韓語句型	中譯
V + 지 마세요	請您不要（做）某事

注釋

－지 마세요是由表否定的「－지 말다」和「(으)세요」組合而成。接在動詞語幹後方，表示有禮貌地請求對方不要做某事。

例句

떠나지지 마세요.
do*.na.ji.ji/ma.se.yo
請別離開。

먹지 마세요.
mo*k.jji/ma.se.yo
請不要吃。

여기서 수영하지 마세요.
yo*.gi.so*/su.yo*ng.ha.ji/ma.se.yo
請不要在這裡游泳。

말하지 마세요.
mal.ha.jji/ma.se.yo
請不要說。

句型八

韓語句型	中譯
V + (으)십시오	請您 (做) 某事

注釋

-(으)십시오和(으)세요皆為命令型終結語尾,都有
表示尊敬的意思,但(으)십시오是更尊敬和正式的用
法。

例句

단어를 외우십시오.
da.no*.reul/we.u.sip.ssi.o
請背單字。

책을 펴십시오.
che*.geul/pyo*.sip.ssi.o
請翻開書本。

물건을 찾으십시오.
mul.go*.neul/cha.jeu.sip.ssi.o
請找物品。

여기에 앉으십시오.
yo*.gi.e/an.jeu.sip.ssi.o
請坐這裡。

句型九

韓語句型	中譯
V + 지 마십시오	請您不要（做）某事

注釋

－(으)십시오的否定型態是「지 마십시오」。

例句

그렇게 하지 마십시오.
geu.ro*.ke/ha.ji/ma.sip.ssi.o
請不要那麼做。

웃지 마십시오.
ut.jji/ma.sip.ssi.o
請不要笑。

거짓말을 하지 마십시오.
go*.jin.ma.reul/ha.ji/ma.sip.ssi.o
請不要說謊。

담배를 피우지 마십시오.
dam.be*.reul/pi.u.ji/ma.sip.ssi.o
請不要抽菸。

중국어
jung.gu.go*
中國語

자료
ja.ryo
資料

아직
a.jik
尚未／還

회계사
hwe.gye.sa
會計師

주다
ju.da
給予

잘
jal
好好地／擅長（做）

편지
pyo*n.ji
信

타다
ta.da
搭乘

휴지
hyu.ji
衛生紙

카페라떼
ka.pe.ra.de
咖啡拿鐵

메뉴
me.nyu
菜單

물수건
mul.su.go*n
濕巾

딸기
dal.gi
草莓

단어
da.no*
單字

외우다
we.u.da
背誦／記憶

펴다
pyo*.da
翻開

앉다
an.da
坐下

웃다
ut.da
笑

거짓말
go*.jin.mal
謊話

피우다
pi.u.da
抽（菸）

우리 놀이동산에 갈까요?

u.ri/no.ri.dong.sa.ne/gal.ga.yo

我們去遊樂園怎麼樣？

文法説明

1. – 에

處所格助詞，接在表「方向、場所」的名詞後方，相
當於中文的「到」。

2. – (으)ㄹ까요?

接在動詞後方，表示提議或詢問對方的意見。也常用
於説話者向聽話者提議要不要一起去做某事，相當於
中文的「要不要一起…?」。當動詞語幹以母音或ㄹ
結束時，就接ㄹ까요?；當動詞語幹以子音結束時，就
接을까요?。

句型一

韓語句型	中譯
V +(으)ㄹ까요?	要（做）...嗎？

注釋

這裡表示提議或詢問對方的意見。

例句

우리는 어디서 만날까요?

u.ri.neun/o*.di.so*/man.nal.ga.yo

我們在哪見面呢？

홍차를 마실까요?

hong.cha.reul/ma.sil.ga.yo

要喝紅茶嗎？

같이 갈까요?

ga.chi/gal.ga.yo

一起去怎麼樣？

김치찌개를 먹을까요?

gim.chi.jji.ge*.reul/mo*.geul.ga.yo

我們吃泡菜鍋，好嗎？

句型二

韓語句型	中譯
(A/V/N 이다) + ㄹ까요?	...嗎 (呢) ?

注釋

「(으)ㄹ까요?」也可表示推測或疑問。

例句

내일 비가 올까요?

ne*.il/bi.ga/ol.ga.yo

明天會下雨嗎？

누가 내 노트를 가져갔을까요?

nu.ga/ne*/no.teu.reul/ga.jo*.ga.sseul.ga.yo

誰拿走我的筆記本呢？

정말 예쁠까요?

jo*ng.mal/ye.beul.ga.yo

真的漂亮嗎？

저 분이 누구일까요?

jo*/bu.ni/nu.gu.il.ga.yo

那位是誰呢？

句型三

韓語句型	中譯
V + (으)ㅂ시다	一起...吧？

注釋

接在動詞語幹後方，表示向對方提出建議或邀請他人一起做某事。注意此句型不可以對比自己年紀大或社會地位比自己高的人使用。

例句

우리 주말에 만납시다.
u.ri/ju.ma.re/man.nap.ssi.da
我們周末見吧。

삼계탕을 먹읍시다.
sam.gye.tang.eul/mo*.geup.ssi.da
我們吃蔘雞湯吧。

카지노에 갑시다.
ka.ji.no.e/gap.ssi.da
我們去賭場吧。

택시를 탑시다.
te*k.ssi.reul/tap.ssi.da
我們搭計程車吧。

句型四

韓語句型	中譯
V +(으)러 가다	去...做某事

注釋

ㅡ(으)러接在動詞後方，表示移動的目的，後面通常
會跟移動性動詞（가다、오다、니기다、들어가다
等）一起使用。

例句

아빠, 저녁 먹으러 가요!
a.ba//jo*.nyo*k/mo*.geu.ro*/ga.yo
爸，我們去吃晚餐吧！

친구를 만나러 찻집에 갔어요.
chin.gu.reul/man.na.ro*/chat.jji.be/ga.sso*.yo
去茶館見朋友了。

선물을 사러 백화점에 가요.
so*n.mu.reul/ssa.ro*/be*.kwa.jo*.me/ga.yo
去百貨公司買禮物。

편시를 부치러 우체국에 갑니다.
pyo*n.ji.reul/bu.chi.ro*/u.che.gu.ge/gam.ni.da
去郵局寄信。

句型五

韓語句型	中譯
V +(으)러 오다	來...做某事

注釋

當動詞語幹以母音或ㄹ結束時,就使用러;當動詞語幹以子音結束時,就要使用으러。

例句

공부하러 와요.

gong.bu.ha.ro*/wa.yo

我來念書的。

당신을 보러 왔어요.

dang.si.neul/bo.ro*/wa.sso*.yo

我來看你的。

자주 놀러 오세요.

ja.ju/nol.lo*/o.se.yo

請常來這裡玩。

뭘 하러 왔어요?

mwol/ha.ro*/wa.sso*.yo

你來這裡做什麼?

句型六

韓語句型	中譯
V + (으)시겠어요?	您要...嗎？

注釋

「－(으)시겠어요?」表示有禮貌地詢問對方的意見，
或向對方建議某事。

例句

몇 시에 오시겠어요?

myo*t/si.e/o.si.ge.sso*.yo

您要幾點過來呢？

뭐 좀 드시겠어요?

mwo/jom/deu.si.ge.sso*.yo

您要吃點什麼嗎？

자리를 예약하시겠어요?

ja.ri.reul/ye.ya.ka.si.ge.sso*.yo

您要訂位嗎？

잡지 좀 보시겠어요?

jap.jji/jom/bo.si.ge.sso*.yo

您要看雜誌嗎？

句型七

韓語句型	中譯
V +(으)래요?	要不要（做）...？

注釋

「(으)래요?」用於詢問對方的意見或意圖，通常在熟識的朋友之間才會使用。

會話

A 김밥 먹을래요?

gim.bap/mo*.geul.le*.yo

要不要吃海苔飯捲？

B 네, 먹을래요.

ne//mo*.geul.le*.yo

是的，我要吃。

A 같이 영화 보러 갈래요?

ga.chi/yo*ng.hwa/bo.ro*/gal.le*.yo

要不要一起去看電影？

B 아니요, 집에 갈래요.

a.ni.yo//ji.be/gal.le*.yo

不了，我要回家。

句型八

韓語句型	中譯
V + 지 않을래요?	要不要 (做) ...？

注釋

「지 않을래요?」為「(으)래요?」的否定型態，兩者意義相同。

例句

춤 추지 않을래요?

chum/chu ji/a neul le* yo

要不要跳舞？

슈퍼마켓에 같이 가시 않을래요?

syu.po*.ma.ke.se/ga.chi/ga.ji/a.neul.le*.yo

要不要一起去超市？

내 결혼식에 오시 않을래요?

ne*/gyo*l.hon.si.ge/o.ji/a.neul.le*.yo

要不要來我的結婚典禮？

우롱차 한 잔 하지 않을래요?

u.rong.cha/han/jan/ha.ji/a.neul.le*.yo

要不要喝杯烏龍茶？

句型九

韓語句型	中譯
안 V +(으)래요?	(你)不(做)...嗎?

注釋

為「(으)래요?」的否定型態,兩者意義相同。

例句

지금 놀러 안 올래요?

ji.geum/nol.lo*/an/ol.le*.yo

你現在不過來玩嗎?

이거 안 드실래요?

i.go*/an/deu.sil.le*.yo

您不吃這個嗎?

일을 안 할래요?

i.reul/an/hal.le*.yo

您不工作嗎?

회사에 안 가실래요?

hwe.sa.e/an/ga.sil.le*.yo

您不去上班嗎?

놀이동산
no.ri.dong.san
遊樂園

홍차
hong.cha
紅茶

김치찌개
gim.chi.jji.ge*
泡菜鍋

노트
no.teu
筆記本

가져가다
qa.jo*.qa.da
帶走／拿走

삼계탕
sam.gye.tang
蔘雞湯

가지노
ka.ji.no
賭場

택시
te*k.ssi
計程車

아빠
a.ba
爸爸（暱稱）

부치다
bu.chi.da
寄／送

자주 ja.ju 經常／常常	놀다 nol.da 玩耍
자리 ja.ri 位子／坐位	예약하다 ye.ya.ka.da 預約
잡지 jap.jji 雜誌	김밥 gim.bap 海苔飯捲
춤을 추다 chu.meul/chu.da 跳舞	슈퍼마켓 syu.po*.ma.ket 超市
결혼식 gyo*l.hon.sik 結婚典禮	우롱차 u.rong.cha 烏龍茶

第20課

저는 민지 씨에게 꽃을 줍니다.

jo*.neun/min.ji/ssi.e.ge/go.cheul/jjum.ni.da

我給旼志花。

文法説明

1. **– 은/는**

為補助助詞，用來表示句子的主題或闡述的對象，
「은/는」接在名詞後方，表示該名詞即是句子的主題
（主語）。當名詞以母音結束，要加는，當名詞以子
音結束，則加은。

2. **– 에게**

表示行為的歸著點，接在表示人或動物的有情名詞後
方，也可以用「한테」。

에게在口語及書面體中接可使用，한테則主要使用在
口語之中。

3. **– (ㅂ)습니다**

加在動詞、形容詞和敘述格助詞이다（是）的語幹
後方，表示敘述型終結語尾。此為相當正式的敬語
用法，為「格式體尊敬形」。若語幹的末音節為母音
時，就使用「ㅂ니다」，若為子音時，則使用「습니
다」。

句型一

韓語句型	中譯
○○에게 N 을/를 주다	給○○ N

注釋

1. ○○必須是人或動物。

2. 「에게」全部可以替換成「한테」。

例句

나에게 그 사전 좀 주세요.

na.e.ge/geu/sa.jo*n/jom/ju.se.yo

請給我那本字典。

세영은 준수에게 선물을 줍니다.

se.yo*ng.eun/jun.su.e.ge/so*n.mu.reul/jjum.ni.da

世英給俊秀禮物。

부모님이 동생에게 용돈을 주었어요.

bu.mo.ni.mi/dong.se*ng.e.ge/yong.do.neul/jju.

o*.sso*.yo

爸媽給弟弟零用錢了。

강아지에게 밥을 주었어요.

gang.a.ji.e.ge/ba.beul/jju.o*.sso*.yo

給小狗飯了。

句型二

韓語句型	中譯
○○께 N 을/를 드리다	給需尊敬的對象 N

注釋

에게的敬語是「께」。

例句

선생님께 숙제를 드렸어요.

so*n.se*ng.nim.ge/suk.jje.reul/deu.ryo*.sso*.yo

父作業給老師了。

할아버지께 신문을 드려요

ha.ra.bo*.ji.ge/sin.mu.neul/deu.ryo*.yo

給爺爺報紙。

교수님께 이 논문을 드리겠어요.

gyo.su.nim.ge/i/non.mu.neul/deu.ri.ge.sso*.yo

我要給教授這份論文。

뭘 드릴까요?

mwol/deu.ril.ga.yo

要給您什麼？

句型三

韓語句型	中譯
○○에게 무엇을 줍니까?	給 N 什麼？

注釋

1. ○○必須是人或動物。

2. 「에게」可以替換成「한테」。

會話

A 근석 씨에게 무엇을 줍니까?

geun.so*k/ssi.e.ge/mu.o*.seul/jjum.ni.ga

你給根碩什麼東西？

B 근석 씨에게 생일 카드를 줍니다.

geun.so*k/ssi.e.ge/se*ng.il/ka.deu.reul/jjum.ni.da

我給根碩生日卡片。

. . . .

A 아주머님께 무엇을 드립니까?

a.ju.mo*.nim.ge/mu.o*.seul/deu.rim.ni.ga

你給阿姨什麼東西？

B 아주머님께 과일을 드립니다.

a.ju.mo*.nim.ge/gwa.i.reul/deu.rim.ni.da

我給阿姨水果。

句型四

韓語句型	中譯
○○에게/께 N을/를 V	對○○做N

注釋

「에게」可以替換成「한테」。

例句

내가 아이에게 공을 던져요.
ne*.ga/a.i.e.ge/gong.eul/do*n.jo*.yo
我丟球給小孩。

선배가 나에게 영어를 가르쳐요.
su*n.be*.ga/na.e.ge/yo*ng.o*.reul/ga.reu.cho*.yo
學長教我英文。

친구한테 편지를 보냈어요.
chin.gu.han.te/pyo*n.ji.reul/bo.ne*.sso*.yo
寄了信給朋友。

누구한테 문자를 보내요?
nu.gu.han.te/mun.ja.reul/bo.ne*.yo
你傳簡訊給誰呢?

韓語句型	中譯
○○에게/한테 V	對○○做某事

注釋

「에게」可以替換成「한테」。

例句

그 학생이 나한테 와요.

geu/hak.sse*ng.i/na.han.te/wa.yo

那個學生走向我。

그한테 물어보세요.

geu.han.te/mu.ro*.bo.se.yo

請問他吧。

고향 친구에게 전화해요.

go.hyang/chin.gu.e.ge/jo*n.hwa.he*.yo

打電話給故鄉的朋友。

누구에게 선물합니까?

nu.gu.e.ge/so*n.mul.ham.ni.ga

送給誰呢?

韓語句型	中譯
○○에 N을/를 V	給○○做某事

注釋

如果行為的歸著點是無情物（物品、植物、地點等），則使用助詞「에」。

例句

화분에 물을 줘요.
hwa.bu.ne/mu.reul/jjwo.yo
給花盆澆水。

독일에 소포를 보내요.
do.gi.re/so.po.reul/bo.ne*.yo
寄包裹到德國。

작품에 손을 대지 마세요.
jak.pu.me/so.neul/de*.ji/ma.se.yo
請勿觸摸作品。

옷을 세탁기에 넣어요.
o.seul/sse.tak.gi.e/no*.o*.yo
把衣服放入洗衣機。

句型七

韓語句型	中譯
○○에 V	向○○做某事

注釋

○○必需是無情物（物品、植物、地點等）。

例句

학교에 물어봐요.

hak.gyo.e/mu.ro*.bwa.yo

問問學校。

집에 전화해요.

ji.be/jo*n.hwa.he*.yo

打電話回家。

친구 집에 가요.

chin.gu/ji.be/ga.yo

去朋友家。

여자친구가 우리 회사에 와요.

yo*.ja.chin.gu.ga/u.ri/hwe.sa.e/wa.yo

女朋友來我們公司。

句型八

韓語句型	中譯
○○에게서 N 을/를 받다	從某人那得到 N

注釋

1. 在表示人的名詞後方接에게서，表示出處或起點。

2. 에게서和한데서的「서」可省略。

例句

준영 오빠에게서 반지를 받았어요.
ju.nyo*ng/o.ba.e.ge.so*/ban.ji.reul/ba.da.sso*.yo
從俊英哥那裡收到了戒指。

슌영 오빠에게 반지를 받았어요.
ju.nyo*ng/o.ba.e.ge/ban.ji.reul/ba.da.sso*.yo
從俊英哥那裡收到了戒指。

한국 친구한테서 엽서를 받았어요.
han.guk/chin.gu.han.te.so*/yo*p.sso*.reul/ba.da.
sso*.yo
從韓國朋友那收到了明信片。

한국 친구한테 엽서를 받았어요.
han.guk/chin.gu.han.te/yo*p.sso*.reul/ba.da.sso*.yo
從韓國朋友那收到了明信片。

句型九

韓語句型	中譯
○○에게서 (N을/를) V	從某人那...

注釋

1. 「에게서」全部可以替換成「한테서」。

2. 에게서和한테서的「서」可省略。

例句

선배에게서 영어를 배웠어요.

so*n.be*.e.ge.so*/yo*ng.o*.reul/be*.wo.sso*.yo

向學長學了英文。

선배에게 영어를 배웠어요.

so*n.be*.e.ge/yo*ng.o*.reul/be*.wo.sso*.yo

向學長學了英文。

친구한테서 얘기를 들었어요.

chin.gu.han.te.so*/ye*.gi.reul/deu.ro*.sso*.yo

我從朋友那裡聽說了。

친구한테 얘기를 들었어요.

chin.gu.han.te/ye*.gi.reul/deu.ro*.sso*.yo

我從朋友那裡聽說了。

句型十

韓語句型	中譯
○○께 (N 을/를) V	從尊敬的對象那…

注釋

如果是從身分地位較高或年長的人接受某物或學習某
事物時，要使用有尊敬意涵的「께」。

例句

부모님께 새 차를 받았어요.
bu.mo.nim.ge/se*/cha.reul/ba.da.sso*.yo
從父母那得到新車。

할머님께 일본어를 배웠어요.
hal.mo*.nim.ge/il.bo.no*.reul/be*.wo.sso*.yo
從奶奶那學了日語。

선생님께 칭찬을 받았어요.
so*n.se*ng.nim.ge/ching.cha.neul/ba.da.sso*.yo
從老師那得到讚許。

아저씨께 돈을 빌렸어요.
a.jo*.ssi.ge/do.neul/bil.lyo*.sso*.yo
向叔叔借了錢。

句型十一

韓語句型	中譯
○○에서 V	從某地…

注釋

如果不是代表人物的名詞,而是代表地點的名詞時,
必須使用表示地點出處、起點的助詞「에서」。

會話

A 어디에서 왔어요?

o*.di.e.so*/wa.sso*.yo

你從哪裡來的?

B 한국에서 왔어요.

han.gu.ge.so*/wa.sso*.yo

我從韓國來的。

. . . .

A 이것은 어디에서 나왔어요?

i.go*.seun/o*.di.e.so*/na.wa.sso*.yo

這是從哪裡出現的?

B 나도 잘 몰라요.

na.do/jal/mol.la.yo

我也不清楚。

韓語句型	中譯
○○에게 전화를 하다	打電話給某人

注釋

○○為人物名詞。

會話

A 누구에게 전화를 했어요?
nu.gu.e.ge/jo*n.hwa.reul/he*.sso*.yo
你打電話給誰了？

B 엄마에게 전화를 했어요.
o*m.ma.e.ge/jo*n.hwa.reul/he*.sso*.yo
我打電話給媽媽了。

. . . .

A 누구에게 전화를 해요?
nu.gu.e.ge/jo*n.hwa.reul/he*.yo
你打電話給誰？

B 남동생에게 전화를 해요.
nam.dong.se*ng.e.ge/jo*n.hwa.reul/he*.yo
我打電話給弟弟。

句型十三

韓語句型	中譯
○○에 전화를 하다	打電話到某地點

注釋

○○為地點名詞。

會話

A 어디에 전화를 했어요?
o*.di.e/jo*n.hwa.reul/he*.sso*.yo
你打電話到哪裡？

B 병원에 전화를 했어요.
byo*ng.wo.ne/jo*n.hwa.reul/he*.sso*.yo
我打電話到醫院。

• •

A 어디에 전화를 해요?
o*.di.e/jo*n.hwa.reul/he*.yo
你打電話到哪裡？

B 비서실에 전화를 해요.
bi.so*.si.re/jo*n.hwa.reul/he*.yo
我打電話到秘書室。

句型十四

韓語句型	中譯
○○에게서 전화가 오다	(誰) 打電話來

注釋

○○為人物名詞。

會話

A 누구에게서 전화 왔어요?

nu.gu.e.ge.so*/jo*n.hwa/wa.sso*.yo

誰打電話來了？

B 집사람에서 전화 왔어요.

jip.ssa.ra.me.ge.so*/jo*n.hwa/wa.sso*.yo

我老婆打電話來的。

. . . .

A 누구에게서 전화 왔어요?

nu.gu.e.ge.so*/jo*n.hwa/wa.sso*.yo

誰打電話來了？

B 선생님께 전화 왔어요.

so*n.se*ng.nim.ge/jo*n.hwa/wa.sso*.yo

老師打電話來的。

句型十五

韓語句型	中譯
○○에서 전화가 오다	（哪裡）打電話來

注釋

○○為地點名詞。

會話

Ⓐ 어디에서 전화 왔어요?

o*.di.e.so*/jo*n.hwa/wa.sso*.yo

哪裡打電話來了？

Ⓑ 학교에서 전화 왔어요.

hak.gyo.e.so*/jo*n.hwa/wa.sso*.yo

學校打電話來了。

· · · · · · · · · · · · · · · · ·

Ⓐ 어디에서 전화 왔어요?

o*.di.e.so*/jo*n.hwa/wa.sso*.yo

哪裡打電話來了？

Ⓑ 경찰서에서 전화 왔어요.

gyo*ng.chal.sso*.e.so*/jo*n.hwa/wa.sso*.yo

警察局打電話來了。

사전
sa.jo*n
字典

숙제
suk.jje
作業

드리다
deu.ri.da
給／呈（주다的敬語）

논문
non.mun
論文

공을 던지다
gong.eul/do*n.ji.da
丟球

아이
a.I
小孩

물어보다
mu.ro* ho.da
問看看

선물하나
so*n.mul.ha.da
贈送

화분
hwa.bun
花盆

독일
do.gil
德國

작품
jak.pum
作品

손을 대다
so.neul/de*.da
觸摸／著手

세탁기
se.tak.gi
洗衣機

넣다
no*.ta
放入／裝入

엽서
yo*p.sso*
明信片

칭찬
ching.chan
稱讚

빌리다
bil.li.da
借

모르다
mo.reu.da
不知道

비서실
bi.so*.sil
秘書室

집사람
jip.ssa.ram
內人／我的老婆

내일 뭘 할 거예요?

ne*.il/mwol/hal/go*.ye.yo

你明天要做什麼？

文法説明

1. 뭘

為무엇을的略語。

2. - 을/를

為受格助詞，接在名詞後方，該名詞則為及物動詞的
受格，表示動作或作用的對象。如果名詞以母音結
束，就加를；如果名詞以子音結束，則加을。

3. - (으)ㄹ 거예요

接在動詞後方，表示未來的計畫或個人意志。當動詞
語幹以母音結束或ㄹ結束，就接ㄹ 거예요，若動詞語
幹以子音結束，則接을 거예요。

句型一

韓語句型	中譯
V + (으)ㄹ 거예요.	我要（做）…。

注釋

當主語是第一人稱（我）時，表示「未來的計畫」或
「個人意志」。

例句

저는 집에 있을 거예요.
jo*.neun/ji.be/i.sseul/go*.ye.yo
我會在家。

친구를 만날 거예요.
chin.gu.reul/man.nal/go*.ye.yo
我要見朋友。

노래방에 갈 거예요.
no.re*.bang.e/gal/go*.ye.yo
我要去練歌房。

집에서 요리를 만들 거예요.
ji.be.so*/yo.ri.reul/man.deul/go*.ye.yo
我會在家做菜。

韓語句型	中譯
N (에) 무엇을 할 거예요?	你打算做...?

注釋

1. 若主語是第二人稱（你）時，則使用疑問句。

2. N為時間名詞。

例句

주말에 무엇을 할 거예요?

ju.ma.re/mu.o*.seul/hal/go^.ye.yo

你週末要做什麼？

밤에 무엇을 할 거예요?

ba.me/mu.o*.seul/hal/go*.ye.yo

你晚上要做什麼？

도요일에 무엇을 할 거예요?

to.yo.i.re/mu.o*.seul/hal/go*.ye.yo

星期六你要做什麼？

다음 주 목요일에 무엇을 할 거예요?

da.eum/ju/mo.gyo.i.re/mu.o*.seul/hal/go*.ye.yo

下周四你要做什麼？

韓語句型	中譯
V/A +(으)ㄹ 거예요.	大概／應該會……。

注釋

當主語為第三人稱（他／它）時，不管後面是接動詞或形容詞，都表示說話者的「推測」。

例句

어머님이 이 선물을 좋아하실 거예요.
o*.mo*.ni.mi/i/so*n.mu.reul/jjo.a.ha.sil/go*.ye.yo
媽媽會喜歡這個禮物的。

내일 비가 올 거예요.
ne*.il/bi.ga/ol/go*.ye.yo
明天會下雨。

거기에 사람이 많을 거예요.
go*.gi.e/sa.ra.mi/ma.neul/go*.ye.yo
那裡人應該很多。

날씨가 점점 따뜻해질 거예요.
nal.ssi.ga/jo*m.jo*m/da.deu.te*.jil/go*.ye.yo
天氣會漸漸變溫暖。

句型四

韓語句型	中譯
V + 겠어요.	我將會（做）...

注釋

接在動詞語幹後方，表示說話者的意志、意願。

例句

바이올린을 배우겠어요.

ba.i.ol.li.neul/be*.u.ge.sso*.yo

我要學小提琴。

나는 막걸리를 마시겠어요.

na.neun/mak.go*l.li.reul/ma.si.ge.sso*.yo

我要喝米酒。

제가 하겠어요.

je.ga/ha.ge.sso*.yo

我會做。／我來做。

이따가 다시 전화하겠어요.

i.da.ga/da.si/jo*n.hwa.ha.ge.sso*.yo

等一下我會再打電話過去。

句型五

韓語句型	中譯
V + 겠습니다.	我將會（做）...

注釋

由表示未來、意志的先行語尾겠和敘述型終結語尾습니다結合而成的型態。

會話

A 무엇을 드시겠습니까?

mu.o*.seul/deu.si.get.sseum.ni.ga

您要吃什麼？

B 저는 생선회를 먹겠습니다.

jo*.neun/se*ng.so*n.hwe.reul/mo*k.get.sseum.ni.da

我要吃生魚片。

. . . .

A 언제 가시겠습니까?

o*n.je/ga.si.get.sseum.ni.ka

您什麼時候要走？

B 저녁에 가겠습니다.

jo*.nyo*.ge/ga.get.sseum.ni.da

我晚上要走。

句型六

韓語句型	中譯
V + 지 않겠어요.	我將不會做...。

注釋

1. 為「V + 겠어요」的否定句型。

2. 也可以使用「안 V + 겠어요.」的句型。

例句

이제 술을 마시지 않겠어요.

i.je/su.reul/ma.si.ji/an.ke.sso*.yo

現在我不再喝酒了。

이제 술을 안 마시겠어요.

i.je/su.reul/an/ma.si.ge.sso*.yo

現在我不再喝酒了。

이런 일을 다시 하지 않겠어요.

i.ro*n/i.reul/da.si/ha.ji/an.ke.sso*.yo

我不會再做那種事了。

이런 일을 다시 안 하겠어요.

i.ro*n/i.reul/da.si/an/ha.ge.sso*.yo

我不會再做那種事了。

句型七

韓語句型	中譯
V + (으)려고 하다	打算 (做) ...

注釋

1. 接在動詞語幹之後，表示說話者的意圖或計畫，為動作尚未發生的狀態。

2. 當動詞語幹以母音或ㄹ結束時，就接려고 하다；當動詞語幹以子音結束時，就接으려고하다。

例句

여기에 취직하려고 합니다.

yo*.gi.e/chwi.ji.ka.ryo*.go/ham.ni.da

我打算在這裡就職。

대학교에 입학하려고 합니다.

de*.hak.gyo.e/i.pa.ka.ryo*.go/ham.ni.da

我打算讀大學。

내일 일찍 일어나려고 해요.

ne*.il/il.jjik/i.ro*.na.ryo*.go/he*.yo

明天打算早點起床。

句型八

韓語句型	中譯
V +(으)려고 해요?	你打算...呢？

注釋

可以當作疑問句使用。

會話

A 몇 시에 가려고 해요?

myo*t/si.e/ga.ryo*.go/he*.yo

你打算幾點去？

B 저녁 여섯 시에 가려고 해요.

jo*.nyo*k/yo^.su*t/si.e/ga.ryn*.go/he*.yo

我打算晚上六點去。

. . . .

A 누구하고 같이 가려고 해요?

nu.gu.ha.go/ga.chi/ga.ryo*.go/he*.yo

你打算和誰一起去？

B 아주머니하고 같이 가려고 해요.

a.ju.mo*.ni.ha.go/ga.chi/ga.ryo*.go/he*.yo

我打算和阿姨一起去。

句型九

韓語句型	中譯
V + 고 싶다	我想（做）…。

注釋

接在動詞語幹後方，表示談話者的希望、願望，相當於中文的「想要…」。

例句

집에 돌아가고 싶어요.
ji.be/do.ra.ga.go/si.po*.yo
我想回家。

반바지를 사고 싶어요.
ban.ba.ji.reul/ssa.go/si.po*.yo
我想買短褲。

오늘은 쉬고 싶어요.
o.neu.reun/swi.go/si.po*.yo
我今天想休息。

아이스커피를 한 잔 마시고 싶어요.
a.i.seu.ko*.pi.reul/han/jan/ma.si.go/si.po*.yo
我想喝杯冰咖啡。

句型十

韓語句型	中譯
V + 고 싶지 않다	我不想 (做) ...。

注釋

可以和「지 않다」結合表示否定。

例句

밥을 먹고 싶지 않아요.

ba.beul/mo*k.go/sip.jji/a.na.yo

我不想吃飯。

그를 만나고 싶지 않습니다.

geu.reul/man.na.go/sip.jji/an.sseum.ni.da

我不想見他。

여기서 일하고 싶지 않습니다.

yo*.gi.so*/il.ha.go/sip.jji/an.sseum.ni.da

我不想在這裡工作。

병원에 가고 싶지 않아요.

byo*ng.wo.ne/ga.go/sip.jji/a.na.yo

我不想去醫院。

韓語句型	中譯
V + 고 싶어하다	(他) 想做……。

注釋

如果是第三人稱（그、그녀），則必須使用「~고 싶어하다」。

例句

동생은 새 구두를 신고 싶어합니다.

dong.se*ng.eun/se*/gu.du.reul/ssin.go/si.po*.

ham.ni.da

弟弟想穿新皮鞋。

친구는 북경에 가고 싶어합니다.

chin.gu.neun/buk.gyo*ng.e/ga.go/si.po*.ham.ni.da

朋友想去北京。

오빠는 회사를 그만두고 싶어해요.

o.ba.neun/hwe.sa.reul/geu.man.du.go/si.po*.he*.yo

哥哥想辭職。

그는 대만요리를 먹고 싶어해요.

geu.neun/de*.ma.nyo.ri.reul/mo*k.go/si.po*.he*.yo

他想吃台灣菜。

句型十二

韓語句型	中譯
V + 기로 하다	決定 (做) ....。

注釋

接在動詞語幹後方，表示說話者的決心或決定，另外也可以表示和他人約好要進行的某種行為。

例句

내일 오전에 만나기로 했어요.
ne*.il/o.jo*.ne/man.na.gi.ro/he*.sso*.yo
決定在明天上午見面。

술을 마시지 않기로 했어요.
su.reul/ma.si.ji/an.ki.ro/he*.sso*.yo
決定好不再喝酒了。

그녀와 사귀기로 했어요.
geu.nyo*.wa/sa.gwi.gi.ro/he*.sso*.yo
決定要和她交往。

그 분이 저를 도와 주기로 했어요.
geu/bu.ni/jo*.reul/do.wa/ju.gi.ro/he*.sso*.yo
他決定要幫助我了。

일찍
il.jjik
早點

일어나다
i.ro*.na.da
起床／站起來

반바지
ban.ba.ji
短褲

쉬다
swi.da
休息

신다
sin.da
穿（鞋）

북경
buk.gyo*ng
北京

회사를 그만두다
hwe.sa.reul/geu.man.du.da
辭職

사진을 찍다
sa.ji.neul/jjik.da
拍照

사귀다
sa.gwi.da
交往／交朋友

도와 주다
do.wa/ju.da
幫忙

나는 책을 읽고 있어요.

na.neun/che*.geul/il.go/i.sso*.yo

我在讀書。

文法説明

1. - 은/는

為補助助詞，用來表示句子的主題或闡述的對象，
「은/는」接在名詞後方，表示該名詞即是句子的主題
（主語）。當名詞以母音結束，要加는，當名詞以子
音結束，則加은。

2. - 을/를

為受格助詞，接在名詞後方，該名詞則為及物動詞的
受格，表示動作或作用的對象。如果名詞以母音結
束，就加를；如果名詞以子音結束，則加을。

3. - 고 있다

加在動詞語幹後方，表示某一動作的進行或持續，相
當於中文的「正在…」。

句型一

韓語句型	中譯
V +고 있다	正在（做）…。

注釋

「–고 있다」為韓語句子的現在進行式句型。

例句

민호 씨는 지금 점심을 먹고 있어요.

min.ho/ssi.neun/ji.geum/jo*m.si.meul/mo*k.go/
i.sso*.yo

民浩現在在吃午飯。

형이 방에서 게임을 하고 있어요.

hyo*ng.i/bang.e.so*/ge.i.meul/ha.go/i.sso*.yo

哥哥在房間裡玩遊戲。

아버지는 신문을 읽고 있어요.

a.bo*.ji.neun/sin.mu.neul/il.go.i.sso*.yo

爸爸在看報紙。

저는 텔레비전을 보고 있어요.

jo*.neun/tel.le.bi.jo*.neul/bo.go/i.sso*.yo

我正在看電視。

句型二

韓語句型	中譯
V + 고 계시다	正在 (做) …。

注釋

1. 계시다為있다的敬語。

2. 主語必須是尊敬的對象。

例句

할아버지가 노래를 부르고 계십니다.
ha.ra.bo*.ji.ga/no.re*.reul/bu.reu.go/gye.sim.ni.da
爺爺在唱歌。

어버지가 신문을 읽고 계십니다.
o*.bo*.ji.ga/sin.mu.neul/il.go/gye.sim.ni.da
爸爸在看報紙。

선생님이 뭐 하고 계세요?
so*n.se*ng.ni.mi/mwo/ha.go/gye.se.yo
老師在做什麼？

그 분은 학교 정문에서 기다리고 계셔요.
geu/bu.neun/hak.gyo/jo*ng.mu.ne.so*/gi.da.ri.go/
gye.syo*.yo
他在學校正門等候。

句型三

韓語句型	中譯
V + 고 있었다	(過去)正在(做)…。

注釋

1. 「-고 있었다」為過去進行式的句型。

2. 「-고 계셨다」為過去進行式的敬語句型。

例句

방금 뭐 하고 있었어요?

bang.geum/mwo/ha.go/i.sso*.sso*.yo

你剛才在做什麼?

집에서 자고 있었어요.

ji.be.so*/ja.go/i.sso*.sso*.yo

當時我在家睡覺。

어머니는 옆 집 아줌마와 이야기하고 계셨
어요.

o*.mo*.ni.neun/yo*p/jip/a.jum.ma.wa/i.ya.gi.ha.

go/gye.syo*.sso*.yo

當時媽媽在和隔壁的阿姨聊天。

句型四

韓語句型	中譯
N + 때	N的時候

注釋

「N + 때」表示在 N 的那個時間。

例句

저녁 때 우리 불고기를 먹읍시다.
jo*.nyo*k/de*/u.ri/bul.go.gi/reul/mo*.geup.ssi.da
晚上的時候我們吃烤肉吧。

휴가 때 같이 낚시 하러 갈까요?
hyu.ga.de*/ga.chi/nak.ssi/ha.ro*/gal.ga.yo
休假的時候一起去釣魚好嗎?

크리스마스 때 스테이크를 먹고 싶어요.
keu.ri.seu.ma.seu/de*/seu.te.i.keu/reul/mo*k.go/
si.po*.yo
聖誕節的時候我想吃牛排。

이것은 생일 때 사진이에요.
i.go*.seun/se*ng.il/de*/sa.ji.ni.e.yo
這是我生日時的照片。

句型五

韓語句型	中譯
A/V +(으)ㄹ 때	(做/當)...的時候

注釋

表示動作、狀態發生或持續的時間。

例句

올 때 선물을 가져 오세요.

ol/de*/so*n.mu.reul/ga.jo*/o.se.yo

你來的時候,請帶禮物過來。

운전할 때 조심하세요.

un.jo*n.hal/de*/jo.sim.ha.se.yo

開車時,請小心。

주무실 때 창문을 닫으세요.

ju.mu.sil/de*/chang.mu.neul/da.deu.se.yo

您睡覺時,請關窗戶。

날씨가 따뜻할 때 소풍을 갈 거예요.

nal.ssi.ga/da.deu.tal/de*/so.pung.eul/gal/go*.

ye.yo

天氣溫暖的時候,我要去郊遊。

句型六

韓語句型	中譯
N + 동안	N 的期間

注釋

名詞直接接동안，表示在 N 的期間。

例句

앞으로 삼개월 동안 그 회사에서 일할 거
예요.

a.peu.ro/sam.ge*.wol/dong.an/geu/hwe.sa.e.so*/
il.hal/go*.ye.yo

往後一個月的期間，我會在那家公司上班。

어제 열시간 동안 일했어요.

o*.je/yo*l.si.gan/dong.an/il.he*.sso*.yo

昨天我工作了十個小時。

얼마 동안 여기에 있을 거예요?

o*l.ma/dong.an/yo*.gi.e/i.sseul/go*.ye.yo

你在這裡會待多久？

겨울 방학 동안 뭐 할 거예요?

gyo*.ul/bang.hak/dong.an/mwo/hal/go*.ye.yo

寒假期間你要做什麼？

句型七

韓語句型	中譯
V + 는 동안	在做...的期間

注釋

接在動詞語幹後方,表示某個動作從開始到結束的時間。

例句

친구를 기다리는 동안 단어를 외웠어요.

chin.gu.reul/gi.da.ri.neun/dong.an/da.no*.reul/
we.wo.sso*.yo

在等朋友的期間背了單字。

내가 청소하는 동안 쓰레기 좀 버리세요.

ne*.ga/cho*ng.so.ha.neun/dong.an/sseu.re.gi/
jom/bo*.ri.se.yo

在我打掃的期間裡,請把垃圾拿去丟。

일하는 동안 핸드폰 좀 끄세요.

il.ha.neun/dong.an/he*n.deu.pon/jom/geu.se.yo

在工作的時候,請把手機關機。

韓語句型	中譯
N + 전에	在N之前

注釋

如果要表示某個時間點之前，可以在時間名詞後方，
加上「전에」。

例句

반년 전에 대만에 왔습니다.
han nyo*n/jo* ne/de* ma.ne/wat.sseum.ni.da
半年前來到台灣。

밤 일곱시 전에 오세요.
bam/il.gop.ssi/jo*.ne/o.se.yo
請晚上七點前過來。

한 시간 전에 우연히 최선생을 만났어요.
han/si.gan/jo*.ne/u.yo*n.hi/chwe.so*n.se*ng.eul/
man.na.sso*.yo
一個小時前，我偶然遇到了崔先生。

句型九

韓語句型	中譯
V + 기 전에	在做...之前

注釋

接在動詞後方，表示在做某個動作或行為之前。

例句

텔레비전을 보기 전에 숙제를 하세요.

tel.le.bi.jo*.neul/bo.gi/jo*.ne/suk.jje.reul/ha.se.yo

看電視之前，請先寫作業。

한국에 가기 전에 비행기 표를 예약해요.

han.gu.ge/ga.gi/jo*.ne/bi.he*ng.gi/pyo.reul/ye.ya.

ke*.yo

去韓國之前先訂機票。

손님이 오기 전에 청소를 하세요.

son.ni.mi/o.gi/jo*.ne/cho*ng.so.reul/ha.se.yo

在客人來之前，請你先打掃。

내 방에 들어오기 전에 신발을 벗으세요.

ne*/bang.e/deu.ro*.o.gi/jo*.ne/sin.ba.reul/bo*.

seu.se.yo

進來我房間之前，請脫鞋。

韓語句型	中譯
N＋후에	在N之後

注釋

如果要表示某個時間點之後，可以在時間名詞後方，
加上「후에」。

例句

두 달 후에 다시 한국에 갈 거예요.
du/dal/hu.e/da.si/han.gu.ge/gal/go*.ye.yo
兩個月後，我會再去韓國。

식사 후에 감기약을 먹어요.
sik.ssa/hu.e/gam.gi.ya.geul/mo*.go*.yo
用餐後吃感冒藥。

졸업 후에 그녀와 결혼할 거예요.
jo.ro*p/hu.e/geu.nyo*.wa/gyo*l.hon.hal/go*.ye.yo
畢業後，我要和她結婚。

퇴근 후에 시간 있어요?
twe.geun/hu.e/si.gan/i.sso*.yo
下班後你有時間嗎？

句型十一

韓語句型	中譯
V + (으)ㄴ 후에	在做...之後

注釋

接在動詞後方，表示在做某個動作或行為之後。當動詞語幹以母音結束，就接ㄴ 후에；當動詞語幹以子音結束，就接은 후에；當動詞語幹以ㄹ結束，就要先刪掉ㄹ，然後接ㄴ 후에。

例句

저녁 먹은 후에 설거지해요.
jo*.nyo*k/mo*.geun/hu.e/so*l.go*.ji.he*.yo
吃完晚餐後洗碗。

자료를 받은 후에 연락 주세요.
ja.ryo.reul/ba.deun/hu.e/yo*l.lak/ju.se.yo
您收到資料後，請聯絡我。

결혼한 후에 아이를 낳으려고 해요.
gyo*l.hon.han/hu.e/a.i.reul/na.eu.ryo*.go/he*.yo
結婚後，我打算生小孩。

노래를 부르다
no.re*.reul/bu.reu.da
唱歌

정문
jo*ng.mun
止門

옆
yo*p
旁邊／隔壁

이야기하다
i.ya.gi.ha.da
聊天／說話

불고기
bul.go.gi
烤肉

낚시
nak.ssi
釣魚

크리스마스
keu.ri.seu.ma.seu
聖誕節

스테이크
seu.te.i.keu
牛排

운전하다
un.jo*n.ha.da
開車

조심하다
jo.sim.ha.da
小心／注意

창문
chang.mun
窗戶

주무시다
ju.mu.si.da
睡覺（자다的敬語）

소풍
so.pung
郊遊

쓰레기를 버리다
sseu.re.gi.reul/bo*.ri.da
丟垃圾

우연히
u.yo*n.hi
偶然

비행기
bi.he*ng.gi
飛機

시간
si.gan
時間

끝나다
geun.na.da
結束

자료
ja.ryo
資料

아이를 낳다
a.i.reul/na.ta
生小孩

第23課

저녁 5시부터 밤 9시까지 공부해요.

jo*.nyo*k/da.so*t/si.bu.to*/bam/a.hop.ssi.ga.ji/

gong.bu.he*.yo

從傍晚五點念書到晚上九點。

文法説明

1. 五點韓語念成「다섯 시」。
2. 九點韓語念成「아홉 시」。
3. －부터 －까지

부터 表示某個動作或狀態的起點；까지 表示時間或距
離上的限度、終點。如果要用韓文表示某一時間的範
圍，可以使用「－부터 －까지」的句型，相當於中文
的「從…到…為止」。

句型一

韓語句型	中譯
N을/를 타다	搭乘N

注釋

N為交通工具。

例句

무엇을 탈까요?

mu.o*.seul/tal.ga.yo

我們搭什麼去呢？

지하철을 탑시다.

ji.ha.cho*.reul/tap.ssi.da

我們搭地鐵吧。

비행기를 타요.

bi.he*ng.gi.reul/ta.yo

搭飛機。

기차를 탑니다.

gi.cha.reul/tam.ni.da

搭火車。

句型二

韓語句型	中譯
N을/를 타고 가다/오다	搭N去 / 來

注釋

N為交通工具。

例句

무엇을 타고 왔어요?
mu.o*.seul/ta.go/wa.sso*.yo
你搭什麼車來的呢?

버스를 타고 왔어요.
bo*.seu.reul/ta.go/wa.sso*.yo
我搭公車來的。

배를 타고 갈까요?
be*.reul/ta.go/gal.ga.yo
我們搭船去嗎?

택시를 타고 갑시다.
te*k.ssi.reul/ta.go/gap.ssi.da
我們搭計程車去吧。

句型三

韓語句型	中譯
N에서 내리다	在N下車

注釋

N為處所名詞。

例句

버스에서 내려요.

bo*.seu.e.so*/ne*.ryo*.yo

下公車。

다음 역에서 내리세요.

da.eum/yo*.ge.so*/ne*.ri.se.yo

請在下一站下車。

남대문역에서 내릴까요?

nam.de*.mu.nyo*.ge.so*/ne*.ril.ga.yo

我們在南大門站下車好嗎?

우리 여기서 내립시다.

u.ri/yo*.gi.so*/ne*.rip.ssi.da

我們在這裡下車吧。

句型四

韓語句型	中譯
N + (으)로 가다/오다	往N去 / 來

注釋

(으)로接在名詞後方,表示該名詞的方向或朝某一地點,當名詞以母音或ㄹ結束時,使用로,當名詞以子音結束時,則使用으로。

例句

그는 시내로 가요.

geu.neun/si.ne*.ro/ga.yo

他去市區。

오른쪽으로 가세요.

o.reun.jjo.geu.ro/ga.se.yo

請右轉。

이 버스는 어디로 갑니까?

i/bo*.seu.neun/o*.di.ro/gam.ni.ga

這台公車開往哪裡?

언제 타이베이로 와요?

o*n.je/ta.i.be.i.ro/wa.yo

你何時來台北?

句型五

韓語句型	中譯
N(으)로 + V	用N（做）...

注釋

(으)로為助詞，可用來表示工具、材料、交通手段等
意涵。

例句

자동차로 회사에 가요.

ja.dong.cha.ro/hwe.sa.e/ga.yo

開車去上班。

붓으로 글씨를 씁니다.

bu.seu.ro/geul.ssi.reul/sseum.ni.da

用毛筆寫字。

칼로 오이를 썰어요.

kal.lo/o.i.reul/sso*.ro*.yo

用刀切小黃瓜。

밀가루로 국수를 만들어요.

mil.ga.ru.ro/guk.ssu.reul/man.deu.ro*.yo

用麵粉做麵條。

句型六

韓語句型	中譯
걸어서 가다/오다	走路去 / 來

注釋

「아/어서」表示方式，指前面的動作是後面動作的方式。

會話

A 학교에 어떻게 와요?

hak.gyo.e/oˆ.doˆ.ke/wa.yo

你怎麼來學校的？

B 걸어서 와요.

go*.ro*.so*/wa.yo

我走路來的。

- - - - - - - - - -

A 거기 어떻게 갑니까?

go*.gi/o*.do*.ke/gam.ni.ga

怎麼去那裡？

B 걸어서 갑시다.

go*.ro*.so*/gap.ssi.da

我們走路去吧。

Track 198

韓語句型	中譯
N1에서 N2까지	從N1到N2

注釋

1. 「~에서 ~까지」用來表示某一距離的範圍。

2. 「에서」表示某個行為或狀態的出發點或起點；
「까지」表示時間或距離上的限度、終點。

例句

집에서 학교까지 멀어요?

ji.be.so*/hak.gyo.ga.ji/mo*.ro*.yo

從家裡到學校遠嗎？

회사에서 여기까지 아주 가깝습니다.

hwe.sa.e.so*/yo*.gi.ga.ji/a.ju/ga.gap.sseum.ni.da

從公司到這裡很近。

여기에서 명동까지 뭘 타고 가요?

yo*.gi.e.so*/myo*ng.dong.ga.ji/mwol/ta.go/ga.yo

從這裡到明洞搭什麼去？

집에서 기차역까지 얼마나 걸립니까?

ji.be.so*/gi.cha.yo*k.ga.ji/o*l.ma.na/go*l.lim.ni.ga

從家裡到火車站要多久時間？

句型八

韓語句型	中譯
N1부터 N2까지	從N1到N2為止

注釋

1. 「~부터 ~까지」用來表示某一時間的範圍。

2. 「부터」表示某個動作或狀態在時間上的起點；
「까지」表示時間或距離上的限度、終點。

例句

월요일부터 금요일까지 회사에 갑니다.
wo.ryo.il.bu.to*/geu.myo.il.qa.ji/hwe.sa.e/gam.
ni.da
星期一到星期五去上班。

몇 시부터 몇 시까지 일합니까?
myo*t/si.bu.to*/myo*t/si.ga.ji/il.ham.ni.ga
你工作從幾點到幾點？

시험 시간은 오전 9시부터 10시반까지예
요.
si.ho*m/si.ga.neun/o.jo*n/a.hop.ssi.bu.to*/yo*l.
si.ban.ga.ji.ye.yo
考試時間是從上午九點到十點半。

韓語句型	中譯
N에서 오다	從N來

注釋

「에서」表示某個行為或狀態的出發點或起點。

會話

A 어디에서 왔어요?
o*.di.e.so*/wa.sso*.yo
你從哪裡來？

B 대만에서 왔어요.
de*.ma.ne.so*/wa.sso*.yo
我從台灣來。

- - - - - - - - - - - - - - - - - - - -

A 한국에서 오셨어요?
han.gu.ge.so*/o.syo*.sso*.yo
您從韓國來的嗎？

B 아니요, 저는 일본에서 왔어요.
a.ni.yo//jo*.neun/il.bo.ne.so*/wa.sso*.yo
不，我是從日本來的。

句型十

韓語句型	中譯
N에 다니다	在N上 (學/班)

注釋

1. N為處所名詞。

2. 다니다為動詞，表示「來來往往／通行」。

例句

저는 고등학교에 다닙니다.

jo*.neun/go.deung.hak.gyo.e/da.nim.ni.da

我在高中上學。／我就讀高中。

오빠는 건축 회사에 다녀요.

o.ba.neun/go*n.chuk/hwe.sa.e/da.nyo*.yo

哥哥在建築公司上班。

아직도 그 회사에 다녀요?

a.jik.do/geu/hwe.sa.e/da.nyo*.yo

你還在那間公司上班嗎？

요리 학원에 왜 다녀요?

yo.ri/ha.gwo.ne/we*/da.nyo*.yo

你為什麼去上烹飪補習班呢？

Track
202

韓語句型	中譯
이리(그리/저리) + V	到這邊 / 那邊

注釋

1. 이리為近稱，表示離說話者較近的「這邊」。

2. 그리為中稱，表示離聽話者較近的「那邊」。

3. 저리為遠稱，表示離說話者和聽話者都遠的「那邊」。

例句

이리 오세요.

i.ri/o.se.yo

請來這邊。

저리 가세요.

jo*.ri/ga.se.yo

請去那邊。

이리 앉으세요.

i.ri/an.jeu.se.yo

請坐這邊。

그리 가지 마세요.

geu.ri/ga.ji/ma.se.yo

請不要去那邊。

배
be*
船／梨子／肚子

다음
da.eum
下一（個）

오른쪽
o.reun.jjok
右邊

타이베이
ta.i.be.i
台北

붓
but
毛筆

글씨
qeul.ssi
文字

칼
kal
刀

썰다
sso*l.da
切

밀가루
mil.ga.ru
麵粉

국수
guk.ssu
麵條

아주
a.ju
很/非常

가깝다
ga.gap.da
近

멀다
mo*l.da
遠

얼마나
o*l.ma.na
多少/多麼

걸리다
go*l.li.da
花費(時間)

고등학교
go.deung.hak.gyo
高中

오이
o.i
小黃瓜

건축
go*n.chuk
建築

아직
a.jik
仍/尚

매일
me*.il
每天

무엇을 제일 좋아해요?

mu.o*.seul/jje.il/jo.a.he*.yo

你最喜歡什麼？

文法說明

1. －을/를

為受格助詞，接在名詞後方，該名詞則為及物動詞的
受格，表示動作或作用的對象。如果名詞以母音結
束，就加를；如果名詞以子音結束，則加을。

2. 제일

為副詞，表示「最／第一」。

3. －아/어요

為對聽話者表示尊敬的終結語尾，和格式體尊敬形的
「(ㅂ)습니다」相比，雖然較不正式，卻是韓國人日
常生活中最常用的尊敬形態。「아/어요」可以使用在
敘述句和疑問句上，若使用在疑問句上，句尾音調要
上揚。

「아/어요」接在動詞、形容詞後方，當語幹的母
音是ㅏ,ㅗ時，就接아요；如果語幹的母音不是
「ㅏ,ㅗ」時，就接「어요」；如果是하다類的詞彙，
就接여요，兩者結合後會變成해요。

句型一

韓語句型	中譯
N 이/가 좋다	好 / 喜歡N

注釋

좋다為形容詞，表示「好/高興」。

會話

A 뭐가 좋아요?

mwo.ga/jo.a.yo

你喜歡什麼？

B 순두부찌개가 좋아요.

sun.du.bu.jji.ge*.ga/jo.a.yo

我喜歡嫩豆腐鍋。

. . . .

A 누가 좋아요?

nu.ga/jo.a.yo

你喜歡誰？

B 어머니가 좋아요.

o*.mo*.ni.ga/jo.a.yo

我喜歡媽媽。

句型二

韓語句型	中譯
N을/를 좋아하다	喜歡N

注釋

좋아하다為動詞，表示「喜歡／喜愛」。

會話

A 무엇을 좋아해요?

mu.o*.seul/jjo.a.he*.yo

你喜歡什麼？

B 축구를 좋아해요.

chuk.gu.reul/jjo.a.he*.yo

我喜歡足球。

- -

A 김치를 좋아하세요?

gim.chi.reul/jjo.a.ha.se.yo

您喜歡泡菜嗎？

B 아니요, 안 좋아해요.

a.ni.yo//an/jo.a.he*.yo

不，我不喜歡。

句型三

韓語句型	中譯
N 이/가 싫다	討厭 N

注釋

싫다為形容詞，表示「討厭 / 不喜歡」。

會話

Ⓐ 누가 싫습니까?

nu.ga/sil.sseum.ni.ga

你討厭誰？

Ⓑ 그 친구가 싫습니다.

geu/chin.gu.ga/sil.sseum.ni.da

我討厭那個朋友。

• •

Ⓐ 이것이 싫어요?

i.go*.si/si.ro*.yo

討厭這個嗎？

Ⓑ 네, 아주 싫어요.

ne//a.ju/si.ro*.yo

是的，很討厭。

句型四

韓語句型	中譯
N을/를 싫어하다	討厭N

注釋

싫어하다為動詞，表示「討厭／嫌棄」。

會話

Ⓐ 뭘 싫어합니까?

mwol/si.ro*.ham.ni.ga

你討厭什麼？

Ⓑ 곤충을 싫어합니다

gon.chung.eul/ssi.ro*.ham.ni.da

我討厭昆蟲。

. . . .

Ⓐ 중국 음식을 좋아하세요?

jung.guk/eum.si.geul/jjo.a.ha.se.yo

您喜歡中國菜嗎？

Ⓑ 아니요, 중국 음식을 싫어해요.

a.ni.yo//jung.guk/eum.si.geul/ssi.ro*.he*.yo

不，我討厭中國菜。

句型五

韓語句型	中譯
좋아요/좋습니다.	好 / 好的。

注釋

當對方提議一起去做某事或詢問自己的意見時,可以用「좋아요」來答應對方。

會話

A 술을 한 잔 하시겠습니까?

su.reul/han/jan/ha.si.get.sseum.ni.ga

您要去喝杯酒嗎?

B 네, 좋습니다.

ne//jo.sseum.ni.da

好的。

. . . .

A 쇼핑하러 갈까요?

syo.ping.ha.ro*/gal.ga.yo

要不要去購物?

B 좋아요. 가요.

jo.a.yo//ga.yo

好的,走吧。

句型六

韓語句型	中譯
N + 들	N 們

注釋

들放在可數的名詞後方，表示「複數」。

例句

그들은 한국 사람입니다.

geu.deu.reun/han.guk/sa.ra.mim.ni.da

他們是韓國人。

나는 옛 친구들을 만나려고 해요.

na.neun/yet/chin.gu.deu.reul/man.na.ryo*.go/he*.yo

我打算見見老朋友們。

과자를 아이들에게 주었어요.

gwa.ja.reul/a.i.deu.re.ge/ju.o*.sso*.yo

把餅乾給了孩子們。

세상에는 아직 배고픈 사람들이 많아요.

se.sang.e.neun/a.jik/be*.go.peun/sa.ram.deu.ri/

ma.na.yo

世界上還在餓肚子的人們很多。

句型七

韓語句型	中譯
어떤 + N	什麼樣的 N

注釋

어떤為冠詞，放在名詞前方，用來限定名詞的屬性。

例句

어떤 영화를 보고 싶어요?

o*.do*n/yo*ng.hwa.reul/bo.go/si.po*.yo

你想看什麼樣的電影？

어떤 남자를 좋아합니까?

o*.do*n/nam.ja.reul/jjo.a.ham.ni.ga

你喜歡什麼樣的男生？

어떤 드레스를 입을까요?

o*.do*n/deu.re.seu.reul/i.beul.ga.yo

要穿什麼樣的禮服呢？

어떤 프로그램을 자주 봐요?

o*.do*n/peu.ro.geu.re*.meul/jja.ju/bwa.yo

你常看什麼樣的節目呢？

句型八

韓語句型	中譯
왜 V	為什麼...?

注釋

왜為副詞，表示「為什麼」，用來詢問對方理由或原因。

例句

왜 아르바이트를 해요?

we*/a.reu.ba.i.teu.reul/he*.yo

為什麼要打工呢？

그 사람을 왜 싫어합니까?

geu/sa.ra.meul/we*/si.ro*.ham.ni.ga

為什麼討厭那個人呢？

왜 이렇게 중요합니까?

we*/i.ro*.ke/jung.yo.ham.ni.ga

為什麼這麼重要呢？

왜 점심을 안 드세요?

we*/jo*m.si.meul/an/deu.se.yo

為什麼您不吃午餐呢？

句型九

韓語句型	中譯
N + 요.	(是) N。

注釋

在口語會話中，如果要簡答某一名詞時，可以直接在名詞後方加「요」。

會話

Ⓐ 무슨 동물을 좋아해요?
mu.seun/dong.mu.reul/jjo.a.he*.yo
你喜歡什麼動物？

Ⓑ 코끼리요.
ko.gi.ri.yo
大象。

· ·

Ⓐ 언제 떠날 거예요?
o*n.je/do*.nal/go*.ye.yo
你什麼時候離開？

Ⓑ 이번 주 금요일요.
i.bo*n/ju/geu.myo.i.ryo
這星期五。

句型十

韓語句型	中譯
N + 님	表對 N 的尊敬

注釋

님接在職稱、稱呼的後方，表示對該對象（人）的尊敬。

例句

선생님, 제가 교과서를 안 가져 왔어요.
so*n.se*ng.nim//je.ga/gyo.gwa.so*.reul/an/ga.jo*/
wa.sso*.yo

老師，我沒帶教科書來。

누님, 어디 가세요?
nu.nim//o*.di/ga.se.yo

姊姊，您要去哪裡？

감독님, 안녕하세요.
gam.dong.nim//an.nyo^ng.ha.se.yo

導演，您好。

과장님, 오늘 일찍 나오셨네요.
gwa.jang.nim//o.neul/il.jjik/na.o.syo*n.ne.yo

課長，您今天很早來呢！

句型十一

韓語句型	中譯
N + 쯤	大約是 N

注釋

接在表時間、數量的名詞之後，表示「概數」。

例句

오후 세시쯤 만납시다.

o.hu/se.si.jjeum/man.nap.ssi.da

我們下午三點左右見面吧。

학생이 백명쯤 왔어요.

hak.sse*ng.i/be*ng.myo*ng.jjeum/wa.sso*.yo

學生大約來了一百位。

책 몇 권쯤 살까요?

che*k/myo*t/gwon.jjeum/sal.ga.yo

要買幾本書呢？

얼마쯤에 팔아요?

o*l.ma.jjeu.me/pa.ra.yo

大概賣多少呢？

韓語句型	中譯
우리/저희 + N	我的 N / 我們的 N

注釋

1. 「우리/저희」為代名詞，代表「我們」；저희為
우리的謙語。

2. 우리除了當作「我們」的複數用法來使用之外，也
可表示說話者自己所屬的家族或團體。

例句

여기가 우리 학교입니다.

yo*.gi.ga/u.ri/hak.gyo.im.ni.da

這裡是我的學校。

이 부근은 우리 나라의 영역입니다.

I/bu.geu.neun/u.ri/na.ra.ui/yo*ng.yo*.gim.ni.da

這附近是我國的領域。

밤에 우리 회사 앞에서 만납시다.

ba.me/u.ri/hwe.sa/a.pe.so*/man.nap.ssi.da

晚上在我公司前見面吧。

韓語句型	中譯
N1이/가 N2보다 A	N1比N2還A

注釋

N1為主語，N2為比較的對象。

例句

한국이 대만보다 더 춥습니다.

han.gu.gi/de*.man.bo.da/do*/chup.sseum.ni.da

韓國比台灣冷。

언니가 나보다 예뻐요.

o*n.ni.ga/na.bo.da/ye.bo*.yo

姊姊比我漂亮。

오늘이 어제보다 더 바빠요.

o.neu.ri/o*.je.bo.da/do*/ba.ba.yo

今天比昨天更忙。

이 치마가 그 바지보다 더 싸요.

i/chi.ma.ga/geu/ba.ji.bo.da/do*/ssa.yo

這件裙子比那件褲子還便宜。

제일
je.il
最／第一

순두부찌개
sun.du.bu.jji.ge*
嫩豆腐鍋

축구
chuk.gu
足球

곤충
gon.chung
昆蟲

옛 친구
yet/chin gu
老朋友

과자
gwa.ja
餅乾

세상
se.sang
世界

배고프다
be*.go.peu.da
肚子餓

드레스
deu.re.seu
禮服

프로그램
peu.ro.geu.re*m
節目

아르바이트
a.reu.ba.i.teu
打工

중요하다
jung.yo.ha.da
重要

코끼리
ko.gi.ri
大象

백
be*k
百

영역
yo*ng.yo*k
領域

부근
bu.geun
附近

더
do*
更／還

바쁘다
ba.beu.da
忙

싸다
ssa.da
便宜

그녀는 똑똑하지만 예쁘지 않아요.

geu.nyo*.neun/dok.do.ka.ji.man/ye.bcu.ji/a.na.yo

她很聰明但不漂亮。

文法說明

1. – 은/는

為補助詞，用來表示句子的主題或闡述的對象，

「은/는」接在名詞後方，表示該名詞即是句子的主題

（主語）。當名詞以母音結束，要加는，當名詞以子

音結束，則加은。

2. – 지만

可以接在動詞、形容詞或이다後方，表示前後兩個句

子互相對立，相當於中文的「雖然…但是…」。지만

前方可以接過去式，形成「았/었지만」的形態。

3. – 지 않다　**主體意識否定 / 單純否定**

接在動詞、形容詞語幹後方，用來否定動作或狀態，

相當於中文的「不…」。

句型一

韓語句型	中譯
- 지만	但是 / 可是

注釋

可以接在動詞、形容詞或이다後方，表示前後兩個句子互相對立。

例句

여동생은 좋지만 남동생은 싫어요.

yo*.dong.se*ng.eun/jo.chi.man/nam.dong.se*ng.eun/si.ro*.yo

我喜歡妹妹，討厭弟弟。

김치는 맵지만 맛있어요.

gim.chi.neun/me*p.jji.man/ma.si.sso*.yo

泡菜很辣，但很好吃。

한국어는 재미있지만 어려워요.

han.gu.go*.neun/je*.mi.it.jji.man/o*.ryo*.wo.yo

韓語很有趣，可是很難。

句型二

韓語句型	中譯
A/V + (으)ㄴ/는데	可是 / 然而

注釋

表示前後句的明顯對比，當形容詞語幹以母音結束時，使用ㄴ데；形容詞語幹以子音結束時，使用은데。動詞的現在式、過去式都使用는데。있다和없다之後也使用는데。

例句

공부는 잘하는데 운동을 못 해요.

gong.bu.neun/jal.ha.neun.de/un.dong.eul/mot/he*.yo

很會讀書但不會運動。

눈은 큰데 입은 작아요.

nu.neun/keun.de/i.beun/ja.ga.yo

眼睛大但嘴巴小。

국어는 쉬운데 수학은 어려워요.

gu.go*.neun/swi.un.de/su.ha.geun/o*.ryo*.wo.yo

國語簡單，但數學難。

句型三

韓語句型	中譯
V - 고 - V	(做)...還(做)... 先...然後...

注釋

1. 接在動詞後方，用來列舉兩個或兩個以上的動作。

2. 當고前後連接動詞時，也可表示先後順序，前後動作可無關聯。

例句

그는 서점에 가고 그녀는 옷가게에 가요.
geu.neun/so*.jo*.me/ga.go/geu.nyo*.neun/ot.ga.
ge.e/ga.yo

他去書店，她去服飾店。

오늘은 친구를 만나고 쇼핑을 갔어요.
o.neu.reun/chin.gu.reul/man.na.go/syo.ping.eul/
ga.sso*.yo

今天我見了朋友，然後去購物。

句型四

韓語句型	中譯
N(이)고 N	而且 / 又
A - 고 A	

注釋

也可以接在形容詞或이다的語幹後方，用來列舉兩個
或兩個以上狀態或事實。

例句

그는 검사고 나는 변호사예요.

geu.neun/go*m.sa.go/na.neun/byo*n.ho.sa.ye.yo

他是檢察官，我是律師。

언니는 예쁘고 날씬해요.

o*n.ni.neun/ye.beu.go/nal.ssin.he*.yo

姊姊漂亮又苗條。

오늘은 덥고 습해요.

o.neu.reun/do*p.go/seu.pe*.yo

今天又熱又潮濕。

韓語句型	中譯
N + (이)나	N或N

注釋

1. 接在名詞後方，表示列舉兩個或兩個以上的名詞。

2. 表示從兩者或兩者以上的事物選擇其一。

3. 當前面的名詞以母音結束時，使用나；當名詞以子音結束時，使用이나。

例句

레몬이나 토마토를 사세요.

re.mo.ni.na/to.ma.to.reul/ssa.se.yo

請買些檸檬或番茄吧。

바다나 산에 갈 거예요.

ba.da.na/sa.ne/gal/go*.ye.yo

我要去海邊或山上。

저녁에 불고기나 부대찌개를 먹어요.

jo*.nyo*.ge/bul.go.gi.na/bu.de*.jji.ge*.reul/mo*.

go*.yo

晚上吃烤肉或部隊鍋。

句型六

韓語句型	中譯
N + (이)나	竟達 / 多達

注釋

1. 接在名詞後方，表示某事物的數量比正常情況要來得多。

2. 當前面的名詞以母音結束時，使用나；當名詞以子音結束時，使用이나。

例句

여자친구를 두 시간 반이나 기다렸어요

yo*.ja.chin.gu.reul/du/si.gan.ba.ni.na/gi.da.ryo*.sso*.yo

等女朋友竟等了兩個半小時。

하루에 단어를 백 개나 외웠어요.

ha.ru.e/da.no*.reul/be*k/ge*.na/we.wo.sso*.yo

一天背了多達一百個單字。

신발을 여덟 켤레나 샀어요.

sin.ba.reul/yo*.do*l/kyo*l.le.na/sa.sso*.yo

買了多達八雙鞋子。

句型七

韓語句型	中譯
V + 거나	做…或做…

注釋

接在動詞或形容詞語幹之後，表示從兩個或兩個以上
的動作或狀態中選擇其一。

例句

주말에는 집에서 자거나 TV를 봐요.
ju.ma.re.neun/ji.be.so*/ja.go*.na/tv.reul/bwa.yo
周末在家睡覺或看電視。

밤에 음악을 듣거나 책을 봅니다.
ba.me/eu.ma.geul/deut.go*.na/che*.geul/bom.ni.da
晚上聽音樂或看書。

내일 컴퓨터를 하거나 드라마를 볼 거예요.
ne*.il/ko*.m.pyu.to*.reul/ha.go*.na/deu.ra.ma.
reul/bol/go*.ye.yo
明天要玩電腦或看連續劇。

날씨가 춥거나 비가 올 때 오지 마세요.
nal.ssi.ga/chup.go*.na/bi.ga/ol/de*/o.ji/ma.se.yo
天氣冷或下雨的時候請不要來。

句型八

韓語句型	中譯
V +(으)면서	一邊 (做) …

注釋

接在動詞後方,表示句子前後兩個動作同時發生。當
動詞語幹以母音或ㄹ結束時,就接면서;當動詞語幹
以子音結束時,就用으면서。

例句

걸으면서 음악을 들어요.

go*.reu.myo*n.so*/eu.ma.geul/deu.ro*.yo

一邊走一邊聽音樂。

술을 마시면서 노래를 불러요.

su.reul/ma.si.myo*n.so*/no.re*.reul/bul.lo*.yo

一邊喝酒一邊唱歌。

뉴스를 보면서 아침을 먹어요.

nyu.seu.reul/bo.myo*n.so*/a.chi.meul/mo*.go*.yo

一邊看新聞一邊吃早餐。

그는 커피를 마시면서 일해요.

geu.neun/ko*.pi.reul/ma.si.myo*n.so*/il.he*.yo

他一邊喝咖啡一邊工作。

句型九

韓語句型	中譯
V + 고 나서 ...	然後...

注釋

接在動詞後方，表示前一動作或行為結束後，接著做下一個動作。고 나서強調的是前後兩個動作在時間上的發生順序，因此主詞必須是同一個。

例句

야식을 먹고 나서 잡니다.
ya.si.geul/mo*k.go/na.so*/jam.ni.da
吃完消夜後睡覺。

수업 끝나고 나서 뭐 할 거예요?
su.o*p/geun.na.go/na.so*/mwo/hal/go*.ye.yo
你下課後要做什麼？

밥 먹고 나서 과일을 먹어요.
bap/mo*k.go/na.so*/gwa.i.reul/mo*.go*.yo
吃完飯後吃水果。

일을 다 하고 나서 갈 겁니다.
i.reul/da/ha.go/na.so*/gal/go*m.ni.da
把事情都做完後我就走。

句型十

韓語句型	中譯
V + 아/어서 ...	然後...

注釋

接在動詞語幹後方，表示動作在時間上的前後關係，
也就是前面的子句動作發生之後，才會發生後面子句
的動作，此句型的兩個動作有極為密切的關係。

例句

시장에 가서 돼지고기를 샀어요.
si.jang.e/ga.so*/dwe*.ji.go.gi/reul/ssa.sso*.yo

去市場買了豬肉。

커피 우유를 사서 마셨어요.
ko*.pi/u.yu.reul/ssa.so*/ma.syo*.sso*.yo

買咖啡牛奶來喝。

남자친구를 만나서 데이트했어요.
nam.ja.chin.gu.reul/man.na.so*/de.i.teu.he*.sso*.yo

跟男朋友見面，然後（一起）約會。

돈을 벌어서 자동차를 살 거예요.
do.neul/bo*.ro*.so*/ja.dong.cha.reul/ssal/go*.ye.yo

賺錢後要買車。

句型十一

韓語句型	中譯
V + 자마자	一…就…

注釋

接在動詞語幹後方，表示前面的動作或事件一結束，
馬上出現後面的動作或事件。자마자前後兩個子句的
主語不一定要相同。

例句

아빠는 아침에 일어나자마자 회사에 가셨
어요.

a.ba.neun/a.chi.me/i.ro*.na.ja.ma.ja/hwe.sa.e/
ga.syo*.sso*.yo

爸爸早上一起床就去上班了。

회의를 마치자마자 연락할게요.

hwe.ui.reul/ma.chi.ja.ma.ja/yo*l.la.kal.ge.yo

會議一結束，我就聯絡你。

그 아이는 태어나자마자 죽었습니다.

geu/a.i.neun/te*.o*.na.ja.ma.ja/ju.go*t.sseum.
ni.da

那個孩子一出生就死亡了。

句型十二

韓語句型	中譯
V +(으)ㄴ지	從...至今...

注釋

接在動詞語幹後方，表示時間的經過，後面通常會跟
著되다或님나等動詞。當動詞語幹以母音或ㄹ結束
時，就接ㄴ지；當動詞語幹以子音結束時，就接은
지。

例句

졸업한 지 얼마나 되었어요?

jo.ro*.pan/ji/o*l.ma.na/dwe.o*.sso*.yo

你畢業多久了？

한국어를 배운 지 이 년이 되었어요

han.gu.go*.reul/be*.un/ji/i/nyo*.ni/dwe.o*.sso*.yo

我學韓語已經有兩年了。

여기로 이사온 지 반 년정도 됐어요.

yo*.gi.ro/i.sa.on/ji/ban/nyo*n.jo*ng.do/dwe*.
sso*.yo

我搬來這裡，大概有半年了。

句型十三

韓語句型	中譯
V + 아/어 보다	試著…

注釋

接在動詞語幹後方,表示試著做看看某一行為。可結合時態一起使用。

例句

남산타워에 가 보고 싶어요.

nam.san.ta.wo.e/ga/bo.go/si.po*.yo

我想去南山塔看看。

그 분에게 물어보세요.

geu/bu.ne.ge/mu.ro*.bo.se.yo

請你問問看他。

제가 직접 한 번 해 보겠습니다.

je.ga/jik.jjo*p/han/bo*n/he*/bo.get.sseum.ni.da

我來親自試試看。

떡볶이를 먹어 봤어요?

do*k.bo.gi.reul/mo*.go*/bwa.sso*.yo

你吃過辣炒年糕嗎?

똑똑하다 dok.do.ka.da 聰明	답장 dap.jjang 回信
작다 jak.da 小	크다 keu.da 大
검사 go*m.sa 檢察官	습하다 seu.pa.da 潮濕
레몬 re.mon 檸檬	부대찌개 bu.de*.jji.ge* 部隊鍋
뉴스 nyu.seu 電視新聞	야식 ya.sik 消夜

데이트하다
de.i.teu.ha.da
約會

돈을 벌다
do.neul/bo*l.da
賺錢

마치다
ma.chi.da
結束／完成

태어나다
te*.o*.na.da
出生

죽다
juk.da
死亡

년
nyo*n
（幾）年

넘다
no*m.da
超過

이사
i.sa
搬家

직접
jik.jjo*p
直接／親自

수영할 줄 아세요?

su.yo*ng.hal/jjul/a.se.yo

您會游泳嗎？

文法説明

1. -(으)ㄹ 줄 알다

接在動詞後方，表示知道做某事的方法或有其能力；
反之，如果不知道做某事的方法或沒有其能力，就使
用(으)ㄹ 줄 모르다。當動詞語幹以母音或ㄹ結束時，
就接ㄹ 줄 알다/모르다；當動詞語幹以子音結束時，
就接을 줄 알다/모르다。

2. -(으)세요

是由終結語尾的「어요」和表示尊敬的先行語尾
「(으)시」所組合而成的型態，用來對句子中的主語
表示尊敬。

句型一

韓語句型	中譯
V + 지 못하다	不能… / 無法…

注釋

接在動詞語幹後方，表示沒有能力或因外在因素而無法做某事。

例句

제가 오늘은 회사에 가지 못해요.
je.ga/o.neu.reun/hwe.sa.e/ga.ji/mo.te*.yo
今天我沒辦法去上班。

나는 영어를 하지 못해요.
na.neun/yo*ng.o*.reul/ha.ji/mo.te*.yo
我不會講英文。

어제 잠을 자지 못했어요.
o*.je/ja.meul/jja.ji/mo.te*.sso*.yo
昨天沒睡到覺。

친구 집을 찾지 못했어요.
chin.gu/ji.beul/chat.jji/mo.te*.sso*.yo
找不到朋友的家。

句型二

韓語句型	中譯
못 V	不能... / 無法...

注釋

也可以將有否定意思的副詞「못」接在動詞前方，
和-지 못하다的用法意義相同。

例句

새우는 알레르기 때문에 못 먹어요.
se*.u.neun/al.le.reu.gi/de*.mu.ne/mot/mo*.go*.yo

因為會過敏的關係，我不能吃蝦子。

죄송해요. 오늘 못 가요.
jwe.song.he*.yo//o.neul/mot/qa.yo

對不起，我今天不能去。

너무 매워요. 못 먹겠어요.
no*.mu/me*.wo.yo//mot/mo*k.ge.sso*.yo

太辣了，沒辦法吃。

이런 일은 제가 못 하겠어요.
i.ro*n/i.reun/je.ga/mot/ha.ge.sso*.yo

這種事我做不了。

句型三

韓語句型	中譯
V +(으)ㄹ 수 있다	可以... / 會...

注釋

接在動詞語幹後方，表示某人有做某事的能力或可能
性。可以在此句型中的수後方，加上助詞가，表示
「強調」的意味。

例句

같이 미국에 갈 수 있어요?

ga.chi/mi.gu.ge/gal/ssu/i.sso*.yo

可以和我一起去美國嗎？

나는 당신을 믿을 수 있어요.

na.neun/dang.si.neul/mi.deul/ssu/i.sso*.yo

我可以相信你。

전화를 받을 수 있으세요?

jo*n.hwa.reul/ba.deul/ssu/i.sseu.se.yo

您可以接電話嗎？

이 일은 나도 할 수 있어요.

i/i.reun/na.do/hal/ssu/i.sso*.yo

這件事我也辦得到。

句型四

韓語句型	中譯
V +(으)ㄹ 수 없다	不能... / 無法...

注釋

1. 表示某人沒有能力或無法做某事。

2. 可以在此句型中的수後方，加上助詞가，表示「強調」的意味。

例句

창문을 열 수가 없어요.

chang.mu.neul/yo*l/su.ga/o*p.sso*.yo

窗戶打不開。

너무 피곤해요. 일을 할 수가 없어요.

no*.mu/pi.gon.he*.yo//i.reul/hal/ssu.ga/o*p.sso*.yo

太累了，無法工作。

제가 도와 줄 수 없어요.

je.ga/do.wa/jul/su/o*p.sso*.yo

我無法幫助你。

정말로 이해할 수가 없습니다.

jo*ng.mal.lo/i.he*.hal/ssu.ga/o*p.sseum.ni.da

我真的無法理解。

句型五

韓語句型	中譯
V +(으)ㄹ 줄 알다	會... / 能夠...

注釋

接在動詞後方,表示知道做某事的方法或有其能力。
當動詞語幹以母音或ㄹ結束時,就接ㄹ 줄 알다;當動
詞語幹以子音結束時,就接을 줄 알다。

例句

양복 다릴 줄 알아요?

yang.bok/da.ril/jul/a.ra.yo

你會熨燙西裝嗎?

그 아이는 이미 신문을 읽을 줄 알아요.

geu/a.i.neun/i.mi/sin.mu.neul/il.geul/jjul/a.ra.yo

那個小孩已經會讀報紙了。

그분은 말을 탈 줄 알아요.

geu.bu.neun/ma.reul/tal/jjul/a.ra.yo

他會騎馬。

어떤 악기를 켤 줄 압니까?

o*.do*n/ak.gi.reul/kyo*l/jul/am.ni.ga

您會演奏什麼樂器?

句型六

韓語句型	中譯
V +(으)ㄹ 줄 모르다	不會... / 不能...

注釋

表示不知道做某事的方法或沒有其能力。

例句

저는 한국어를 할 줄 모릅니다.

jo*.neun/han.gu.go*.reul/hal/jjul/mo.reum.ni.da

我不會講韓語。

나는 스마트폰 쓸 줄 몰라요

na.neun/seu.ma.teu.pon/sseul/jjul/mol.la.yo

我不會使用智慧型手機。

그 사람은 컴퓨터를 사용할 줄 모릅니다.

qeu/sa.ra.meun/ko*m.pyu.to*.reul/ssa.yong.hal/
jjul/mo.reum.ni.da

他不會使用電腦。

저는 운전할 줄 모릅니다.

jo*.neun/un.jo*n.hal/jjul/mo.reum.ni.da

我不會開車。

句型七

韓語句型	中譯
V +(으)ㄴ 적이 있다	曾經...

注釋

接在動詞語幹後方，表示有做過某事的經驗。

例句

떡볶이 먹어 본 적이 있어요?

do*k.bo.gi/mo*.go*/bon/jo*.gi/i.sso*.yo

你吃過辣炒年糕嗎？

어릴 때 수술을 받은 적이 있어요.

o*.ril/de*/su.su.reul/ba.deun/jo*.gi/i.sso*.yo

我小時候曾經動過手術。

대통령을 한 번 만난 적이 있어요.

de*.tong.nyo*ng.eul/han/bo*n/man.nan/jo*.gi/

i.sso*.yo

我曾經見過總統一次。

비행기를 한 번 놓친 적이 있습니다.

bi.he*ng.gi.reul/han/bo*n/not.chin/jo*.gi/

it.sseum.ni.da

我曾經錯過飛機。

句型八

韓語句型	中譯
V + (으)ㄴ 적이 없다	不曾…

注釋

接在動詞語幹後方，表示有無做過某事的經驗。當動詞語幹以母音結束時，就接ㄴ 적이 없다；當動詞語幹以子音結束時，就接은 적이 없다。

例句

저는 제주도에 가 본 적이 없어요.
jo*.neun/je.ju.do.e/ga/bon/jo*.gi/o*p.sso*.yo
我不曾去過濟州島。

사교 댄스를 배워 본 적이 없어요.
sa.qyo/de*n.seu reul/be*.wo/bon/jo*.gi/o*p.sso*.yo
我沒有學過社交舞。

나는 뉴욕에 가 본 적이 없어요.
na.neun/nyu.yo.ge/ga/bon/jo*.gi/o*p.sso*.yo
我沒有去過紐約。

이 음식을 먹어 본 적이 없습니다.
i/eum.si.geul/mo*.go*/bon/jo*.gi/o*p.sseum.ni.da
這個食物我沒吃過。

조깅
jo.ging
慢跑

보디 빌딩
bo.di/bil.ding
健身運動

체조
che.jo
體操

사이클링
sa.i.keul.ling
騎自行車

등산
deung.san
登山

스케이팅
seu.ke.i.ting
溜冰

하이킹
ha.i.king
遠足

등반하다
deung.ban.ha.da
攀登

탁구
tak.gu
桌球

당구
dang.gu
撞球

수영하다 su.yo*ng.ha.da 游泳	알레르기 al.le.reu.gi 過敏
믿다 mit.da 相信	열다 yo*l.da 打開
피곤하다 pi.gon.ha.da 疲累	정말로 jo*ng.mal.lo 真的
이해하다 i.he*.ha.da 理解	양복 yang.bok 西裝
다리다 da.ri.da 熨燙（衣服）	말을 타다 ma.reul/ta.da 騎馬

악기를 켜다
ak.gi.reul/kyo*.da
演奏樂器

스마트폰
seu.ma.teu.pon
智慧型手機

쓰다
sseu.da
使用

사용하다
sa.yong.ha.da
使用

떡볶이
do*k.bo.gi
辣炒年糕

수술
su.sul
手術

대통령
de*.tong.nyo*ng
總統

놓치다
not.chi.da
錯過

사교댄스
sa.gyo.de*n.seu
交際舞／社交舞

뉴욕
nyu.yok
紐約

시간이 없어서 만나지 못했어요.

si.ga.ni/o*p.sso*.so*/man.na.ji/mo.te*.sso*.yo

沒有時間，所以沒見到面。

文法説明

1. －아/어서

接到動詞、形容詞後方，表示前面的子句是後面子句
的原因或理由。如果語幹的母音是「ㅏ.ㅗ」時，就接
「아서」；如果語幹的母音不是「ㅏ.ㅗ」時，就接어
서；如果是하類的詞彙，就接어서，兩者結合後會
變成해서。時態았/었(過去)、겠(未來)等，不可加在
아/어서前方。

2. －지 못하다

接在動詞語幹後方，表示沒有能力或因外在因素而無
法做某事。

句型一

韓語句型	中譯
A/V + 아/어서	因為...所以...

注釋

表示前面的子句是後面子句的原因或理由。

例句

오늘 내가 기분이 좋아서 밥 사 줄게요.
o.neul/ne*.ga/gi.bu.ni/jo.a.so*/bap/sa/jul.ge.yo
我今天心情好,所以請你吃飯。

아침에 너무 바빠서 아무것도 못 먹었어요.
a.chi.me/no*.mu/ba.ba.so*/a.mu.go*t.do/mot/
mo*.go*.sso*.yo
早上太忙了,我什麼也沒吃。

비가 와서 밖에 나가고 싶지 않아요.
bi.ga/wa.so*/ba.ge/na.ga.go/sip.jji/a.na.yo
因為下雨了,我不想出門。

머리가 아파서 약국에 갔어요.
mo*.ri.ga/a.pa.so*/yak.gu.ge/ga.sso*.yo
因為頭痛所以去了藥局。

句型二

韓語句型	中譯
N + (이)라서	因為...所以...

注釋

1. 名詞後面接上(이)라서，表示原因或理由。

2. 也可以使用이어서，但在一般的對話中，要使用이
라서。

例句

이런 일이 처음이라서 할 줄 몰라요.

i.ro*n/i.ri/cho*.eu.mi.ra.so*/hal/jjul/mol.la.yo

這種工作是第一次，所以我不會。

거짓말이라서 믿지 않았어요.

go*.jin.ma.ri.ra.so*/mit.jji/a.na.sso*.yo

因為是謊話，所以我沒有相信。

여기가 학교 근처라서 학생들이 많습니다.

yo*.gi.ga/hak.gyo/geun.cho*.ra.so*/hak.sse*ng.
deu.ri/man.sseum.ni.da

因為這裡是學校附近，所以學生很多。

句型三

韓語句型	中譯
아 / 어서 감사하다 / 고맙다	因為... , 謝謝你。

注釋

1. 감사하다為動詞，表示「感謝」。

2. 고맙다為形容詞，表示「感謝」。

例句

선물을 줘서 고맙습니다.

so*n.mu.reul/jjwo.so*/go.map.sseum.ni.da

謝謝你給的禮物。

도와 줘서 감사합니다.

do.wa/jwo.so*/gam.sa.ham.ni.da

謝謝你的幫忙。

칭찬해 주셔서 고맙습니다.

ching.chan.he*/ju.syo*.so*/go.map.sseum.ni.da

謝謝您的稱讚。

여기까지 일부러 와 주셔서 감사합니다.

yo*.gi.ga.ji/il.bu.ro*/wa/ju.syo*.so*/gam.sa.ham.ni.da

謝謝您特地來到這裡。

句型四

韓語句型	中譯
- 아 / 어서 죄송하다 / 미안하다	因為... , 對不起。

注釋

1. 죄송하다為形容詞,表示「對不起」。

2. 미안하다為形容詞,表示「對不起」。

例句

많이 기다리시게 해서 죄송합니다.

ma.ni/gi.da.ri.si.ge/he*/Jwe.song.ham.ni.da

讓您久等了,很抱歉。

늦어서 죄송합니다.

neu.jo*.so*/jwe.song.ham.ni.da

對不起,我來晚了。

도와 주지 못해서 미안합니다.

do.wa/ju.ji/mo.te*.so*/mi.an.ham.ni.da

對不起我無法幫你。

인사가 늦어서 미안합니다.

in.sa.ga/neu.jo*.so*/mi.an.ham.ni.da

招呼晚了,對不起。

句型五

韓語句型	中譯
A/V +(으)니까	因為...

注釋

接在動詞、形容詞語幹後方，表示理由或原因。當語
幹以母音或ㄹ結束時，就使用니까；當語幹以子音結
束時，就要使用으니까。可以連接時態았/었或겠，且
通常和祈使句或勸誘句一起使用。

例句

날씨가 더우니까 에어컨을 켜세요.

nal.ssi.ga/do*.u.ni.ga/e.o*.ko*.neul/kyo*.se.yo

（因為）天氣熱，請開冷氣。

심심하나까 놀러 갈까요?

sim.sim.ha.na.ga/nol.lo*/gal.ga.yo

（因為）無聊沒事，我們去玩好嗎？

시간이 없으니까 나중에 갑시다.

si.ga.ni/o*p.sseu.ni.ga/na.jung.e/gap.ssi.da

因為沒有時間，我們以後再去。

句型六

韓語句型	中譯
A/V +기 때문에	因為... / 由於...

注釋

接在動詞或形容詞語幹後方表示原因或理由。這是較文言的說法。如果要接在名詞後方，則用때문에。

例句

보고 싶기 때문에 전화를 했어요.

bo.go/sip.gi/de*.mu.ne/jo*n.hwa.reul/he*.sso*.yo

因為想念，所以打了電話。

시간이 없기 때문에 여행을 갈 수 없어요.

si.ga.ni/o*p.gi/de*.mu.ne/yo*.he*ng.eul/gal/ssu/o*p sso*.yo

因為沒有時間的關係，我沒辦法去旅行。

당신 때문에 난 늘 아파요.

dang.sin/de*.mu.ne/nan/neul/a.pa.yo

因為你的關係，我一直很痛苦。

비 때문에 못 가요

bi/de*.mu.ne/mot/ga.yo

因為下雨沒辦法去。

句型七

韓語句型	中譯
A/V +(으)면	如果...的話...

注釋

接在動詞、形容詞後方，表示條件或假設。當語幹以
母音或ㄹ結束時，就接면；當語幹以子音結束時，就
接으면。

例句

내일 비가 오면 집에 있을 거예요.
ne*.il/bi.ga/o.myo*n/ji.be/i.sseul/go*.ye.yo
如果明天下雨的話，我就會在家。

대학교에 입학하면 한턱 낼게요.
de*.hak.gyo.e/i.pa.ka.myo*n/han.to*k/ne*l.ge.yo
如果我大學入取了，我就請你吃飯。

돈 있으면 새 집을 사고 싶어요.
don/i.sseu.myo*n/se*/ji.beul/ssa.go/si.po*.yo
如果我有錢的話，我想買新房子。

그녀가 오면 이 소포를 전해 주세요.
geu.nyo*.ga/o.myo*n/i/so.po.reul/jjo*n.he*/ju.se.yo
如果她來了，請幫我把這個包裹交給她。

句型八

韓語句型	中譯
V +(으)려면	想要...的話...

注釋

接在動詞後方，表示假設有某一計畫或意圖。通常後面會跟著「아/어야 하나」或「(으)세요」等的句型。

例句

롯데백화점에 가려면 어디로 가야 해요?

rot.de.be^.kwa.ju*.me/ga.ryo*.myo*n/o*.di.ro/
ga.ya/he* yo

去樂天百貨該往哪裡走呢？

영어를 잘 하려면 이떻게 해야 할까요?

yo*ng.o*.reul/jjal/ha.ryo*.myo*n/o*.do*.ke/he*.
ya/hal.ga.yo

英文想學好，該怎麼做呢？

약사가 되려면 자격증이 필요해요.

yak.ssa.ga/dwe.ryo*.myo*n/ja.gyo*k.jjeung.i/
pi.ryo.he*.yo

如果想當藥劑師，就需要資格證。

句型九

韓語句型	中譯
V + (으)려고	為了…而…

注釋

連接在動詞語幹後面，表示説話者的目的或意圖。

例句

집을 사려고 대출을 받았어요.
ji.beul/ssa.ryo*.go/de*.chu.reul/ba.da.ssa.yo

為了買房子去貸款了。

다이어트를 하려고 고기를 안 먹어요.
da.i.o*.teu.reul/ha.ryo*.go/go.gi.reul/an/mo*.go*.yo

我為了減肥不吃肉。

오빠는 책을 사려고 서점에 갔어요.
o.ba.neun/che*.geul/ssa.ryo*.go/so*.jo*.me/ga.
sso*.yo

哥哥為了買書去書局了。

피아노를 배우려고 학원에 다녀요.
pi.a.no.reul/be*.u.ryo*.go/ha.gwo.ne/da.nyo*.yo

為了學鋼琴，去補習班上課。

句型十

韓語句型	中譯
V + 기 위해(서)	為了...

注釋

接在動詞後方,表示行動的目的或意圖,서可被省略。

例句

나는 수영을 하기 위해서 수영복을 샀어요.

na.neun/su.yo^ng.eul/ha.gi/wi.he*.so*/su.yo*ng.

bo.geul/ssa.sso*.yo

我為了游泳買了泳衣。

남자친구와 데이트하기 위해서 화장을 했
어요.

nam.ja.chin.gu.wa/de.i.teu.ha.gi/wi.he*.so*/hwa.

jang.eul/he*.sso*.yo

為了和男朋友約會化了妝。

돈을 벌기 위해서 일자리를 찾고 있어요.

do.neul/bo*l.gi/wi.he*.so*/il.ja.ri.reul/chat.go/

i.sso*.yo

為了賺錢,我在找工作。

句型十一

韓語句型	中譯
N 을/를 위해서	為了…

注釋

接在名詞後方，表示目的或意圖，서可被省略。

例句

건강을 위해 다이어트가 필요해요.
go*n.gang.eul/wi.he*/da.i.o*.teu.ga/pi.ryo.he*.yo
為了健康必須要減重。

가족을 위해서 열심히 일해요.
ga.jo.geul/wi.he*.so*/yo*l.sim.hi/il.he*.yo
為了家人認真工作。

어머니를 위해서 케이크를 만들었어요.
o*.mo*.ni.reul/wi.he*.so*/ke.i.keu.reul/man.deu.
ro*.sso*.yo
為了媽媽做了蛋糕。

누구를 위해서 그런 짓을 했어요?
nu.gu.reul/wi.he*.so*/geu.ro*n/ji.seul/he*.sso*.yo
你是為了誰做那種事情呢？

句型十二

韓語句型	中譯
A/V + 아/어도	即使...也...

注釋

接在動詞或形容詞後方，表示不管前句的動作或情況
如何，後句的情況還是會發生。當語幹以「ㅏ.ㅗ」結
束時，就使用아도；其餘的則使用어도；當接在하다
類詞彙語幹後方時，就接어도，兩者結合後會變成해
도。

例句

많이 먹어도 배가 부르지 않아요.
ma.ni/mo*.go*.do/be*.qa/bu.reu.ji/a.na.yo
即使吃再多，還是吃不飽。

바빠셔도 사끔 연락하세요.
ba.beu.syo*.do/ja.geum/yo*l.la.ka.se.yo
即使您很忙，偶爾也連絡一下吧。

입맛이 없어도 좀 먹어야죠.
im.ma.si/o*p.sso*.do/jom/mo*.go*.ya.jyo
就算沒有食慾，還是要吃一點。

句型十三

韓語句型	中譯
A/V + 아/어도 되다	可以...

注釋

表示允許或許可。有時，也可以使用「좋다」或「괜찮다」來取代되다。

例句

화장실에 가도 돼요?

hwa.jang.si.re/ga.do/dwe*.yo

我可以去化妝室嗎？

사진 좀 찍어도 괜찮을까요?

sa.jin/jom/jji.go*.do/gwe*n.cha.neul.ga.yo

我可以拍照嗎？

이 컴퓨터 써도 돼요?

i/ko*m.pyu.to*/sso*.do/dwe*.yo

我可以用這台電腦嗎？

이젠 안심해도 좋아요.

i.jen/an.sim.he*.do/jo.a.yo

現在你可以放心了。

句型十四

韓語句型	中譯
V + 지 않아도 되다	不...也可以

注釋

1. 接在動詞語幹後方，表示並非一定要去做某一行為。

2. 也可以使用「안 아/어도 되다」的句型，兩者意義相同。

例句

내일 학교에 오지 않아도 돼요.
ne*.il/hak.qyo.e/o.ji/a.na.do/dwe*.yo
你明天可以不用來學校。

이 서류는 제출하지 않아도 됩니다.
i/so*.ryu.neun/je.chul.ha.ji/a.na.do/dwem.ni.da
這份資料可以不用繳交。

그렇게 저를 걱정하지 않아도 돼요.
geu.ro*.ke/jo*.reul/go*k.jjo*ng.ha.ji/a.na.do/
dwe*.yo
您可以不用那麼擔心我。

句型十五

韓語句型	中譯
V +(으)면 안 되다	不能... / 禁止...

注釋

由表假定條件的「(으)면」、表否定意義的「안」，
以及有「許諾」意涵的「되다」結合而成，表示「禁
止某一行為」。

例句

이 방에는 들어가면 안 돼요.

i/bang.e.neun/deu.ro*.ga.myo*n/an/dwe*.yo

不可以進入這個房間。

여기서 사진 찍으면 안 됩니다.

yo*.gi.so*/sa.jin/jji.geu.myo*n/an/dwem.ni.da

這裡不可以拍照。

강아지 키우면 안 돼요.

gang.a.ji/ki.u.myo*n/an/dwe*.yo

不可以養小狗。

아이를 이렇게 가르치면 안 돼요.

a.i.reul/i.ro*.ke/ga.reu.chi.myo*n/an/dwe*.yo

不可以這樣教導孩子。

기분
gi.bun
心情

머리가 아프다
mo*.ri.ga/a.peu.da
頭痛

밖
bak
外面

처음
cho*.eum
第一次

근처
geun.cho*
附近

거짓말
go*.jin.mal
謊話

칭찬하다
ching.chan.ha.da
稱讚

일부러
il.bu.ro*
特地／故意

감사하다
gam.sa.ha.da
感謝

죄송하다
jwe.song.ha.da
對不起

미안하다
mi.an.ha.da
抱歉／對不起

인사
in.sa
招呼

에어컨
e.o*.ko*n
冷氣

켜다
kyo*.da
打開（電器）

심심하다
sim.sim.ha.da
無聊

제발
je.bal
千萬

그만
geu.man
到此／到此為止

늘
neul
總是／常常

소포
so.po
包裹

전하다
jo*n.ha.da
傳達／轉交

약사
yak.ssa
藥劑師

자격증
ja.gyo*k.jjeung
資格證／證照

필요하다
pi.ryo.ha.da
需要

대출을 받다
de*.chu.reul/bat.da
貸款

다이어트
da.i.o*.teu
減肥

데이트하다
de.i.teu.ha.da
約會

일자리
il.ja.ri
工作崗位

노력
no.ryo*k
努力

여러분
yo*.ro*.bun
各位／大家

건강
go*n.gang
健康

짓
jit
壞事

입맛이 없다
im.ma.si/o*p.da
沒胃口

괜찮다
gwe*n.chan.ta
沒關係

안심하다
an.sim.ha.da
安心

서류
so*.ryu
文件／文書

제출하다
je.chul.ha.da
提出／交出

걱정하다
go*k.jjo*ng.ha.da
擔心

키우다
ki.u.da
養育／飼養

第28課

약속이 있어서 지금 가야 해요.

yak.sso.gi/i.sso*.so*/ji.geum/ga.ya/he*.yo

因為有約,現在必須走了。

文法説明

1. ‑아/어서

接到動詞、形容詞後方,表示前面的子句是後面子句的原因或理由。如果語幹的母音是「ㅏ.ㅗ」時,就接「아서」;如果語幹的母音不是「ㅏ.ㅗ」時,就接어서;如果是하다類的詞彙,就接여서,兩者結合後會變成해서。時態았/었(過去)、겠(未來)等,不可加在아/어서前方。

2. ‑아/어야 되다

接在動詞或形容詞後方,表示必須要做的事或某種必然的情況。當語幹的母音是「ㅏ.ㅗ」時,就接아야 되다;如果語幹的母音不是「ㅏ.ㅗ」時,就接어야 되다;如果是하다類的詞彙,就接해야 되다。另外,也可以使用「아/어야 하다」的句型,兩者意義相同。

句型一

韓語句型	中譯
A/V + 아/어야 되다	必須... / 應該要...

注釋

1. 表示必須要做的事或某種必然的情況。

2. 也可以使用「아/어야 하다」的句型，兩者意義相同。

例句

빨리 돈을 벌어야 돼요.

bal.li/do.neul/bo*.ro*.ya/dwe*.yo

要趕快賺錢才行。

자금이 있어야 됩니다.

ja.geu.mi/i.sso*.ya/dwem.ni.da

必須要有資金。

도대체 어떻게 해야 돼요?

do.de*.che/o*.do*.ke/he*.ya/dwe*.yo

到底該怎麼做？

먼저 준비해야 해요.

mo*.n.jo*/jun.bi.he*.ya/he*.yo

必須要先準備。

句型二

韓語句型	中譯
A/V +(으)면 좋겠다	希望~ / 我想~

注釋

接在動詞、形容詞後方，對即將發生的未來做假定，
表示期望或願望。

例句

서에게 연락 주시면 좋겠습니다.
jo*.e.qe/yo*.l.lak/ju.si.myo*n/jo.ket.sseum.ni.da
希望你能聯絡我。

조금만 싸면 좋겠어요.
jo.geum.man/ssa.myo*n/jo.ke.sso*.yo
希望能便宜一點。

같이 가면 좋겠어요.
ga.chi/ga.myo*n/jo.ke.sso*.yo
真想和你一起去。

새 휴대폰을 하나 사면 좋겠어요.
se*/hyu.de*.po.neul/ha.na/sa.myo*n/jo.ke.sso*.yo
真想買一支新手機。

句型三

韓語句型	中譯
A/V + 았/었으면 좋겠다	要是...就好了

注釋

接在動詞、形容詞後方，對難以實現的或與現實相反
的情況做假定，表示期望或願望。另外，也可以使用
「았/었으면 하다」的句型，兩者意義相同。

例句

눈이 왔으면 좋겠어요.

nu.ni/wa.sseu.myo*n/jo.ke.sso*.yo

如果能下雪就好了。

나도 남자친구가 있었으면 좋겠어요.

na.do/nam.ja.chin.gu.ga/i.sso*.sseu.myo*n/jo.ke.
sso*.yo

我也有男朋友就好了。

원하는 회사에 취직했으면 좋겠어요.

won.ha.neun/hwe.sa.e/chwi.ji.ke*.sseu.myo*n/

jo.ke.sso*.yo

如果可以在自己喜歡的公司就職就好了。

句型四

韓語句型	中譯
A/V +(으)ㄴ / 는 / (으)ㄹ 것 같다	好像...

注釋

表示對某事或某一狀態的推測。動詞過去式用「(으)ㄴ 것 같다」，現在式用「는 것 같다」，未來式用「(으)ㄹ 것 같다」，形容詞用「(으)ㄴ 것 같다」。

例句

내일 눈이 내릴 것 같아요.

ne*.il/nu.ni/ne*.ril/go*t/ga.ta.yo

明天好像會下雪。

이 가방은 좀 비싼 것 같아요.

i/ga.bang.eun/jom/bi.ssan/go*t/ga.ta.yo

這包包好像有點貴。

준수 씨는 집에 돌아간 것 같아요.

jun.su/ssi.neun/ji.be/do.ra.gan/go*t/ga.ta.yo

俊秀好像回家了。

韓語句型	中譯
V + 아/어 주다	給某人做V

注釋

接在動詞後方，表示請求對方為自己做某事或自己為
他人做某事。

例句

여기에 사인 좀 해 주세요.

yo*.gi.e/sa.in/jom/he*/ju.se.yo

請在這裡簽名。

전화를 해 주세요.

jo*n.hwa.reul/he*/ju.se.yo

請你打電話給我。

나는 그에게 밥을 사 주었어요.

na.neun/geu.e.ge/ba.beul/ssa/ju.o*.sso*.yo

我買飯給他。

제가 꼭 도와 줄게요.

je.ga/gok/do.wa/jul.ge.yo

我一定會幫你。

句型六

韓語句型	中譯
V + 아/어 드리다	給尊敬的對象做V

注釋

接在動詞後方，表示自己為他人（需要尊敬的對象）
做某事。

例句

어떻게 도와 드릴까요?
o*.do*.ke/do.wa/deu.ril.ga.yo

要如何幫助您呢？

제가 대신 해 드릴까요?
je.ga/de*.sin/he*/deu.ril.ga.yo

我代替您做好嗎？

나중에 다시 연락해 드리겠습니다.
na.jung.e/da.si/yo*l.la.ke*/deu.ri.get.sseum.ni.da

我以後會再連絡您。

제가 책을 갖다 드릴게요.
je.ga/che*.geul/gat.da/deu.ril.ge.yo

我拿書給您。

句型七

韓語句型	中譯
V +(으)ㄹ게요	我來... / 我會...

注釋

接在動詞後方，表示説話者表明自己的意思或意願，
同時也向聽話者做出承諾。此句型只能用於第一人
稱。

例句

다시 전화할게요.
da.si/jo*n.hwa.hal.ge.yo
我會再打電話給你。

내가 먼저 할게요.
ne*.ga/mo*n.jo*/hal.ge.yo
我先來。

내가 기다릴게요.
ne*.ga/gi.da.ril.ge.yo
我會等你。

제가 확인해 볼게요.
je.ga/hwa.gin.he*/bol.ge.yo
我來確認看看。

句型八

韓語句型	中譯
A/V + 지요?	...吧?

注釋

表示説話者為了向聽話者確認雙方（可能）已經知道
的事實內容，可縮寫成죠。

會話

A 날씨가 좀 춥지요?

nal.ssi.ga/jom/chup jji yo

天氣有點冷吧？

B 네, 좀 추워요.

ne//jom/chu.wo.yo

是的，有點冷。

- - - - - - - - - - - - - - - - -

A 지금 비가 오죠?

ji.geum/bi.ga/o.jyo

現在在下雨吧？

B 네, 비가 많이 와요.

ne//bi.ga/ma.ni/wa.yo

是的，在下大雨。

句型九

韓語句型	中譯
A/V + 군요/는군요	...啊！

注釋

接在動詞、形容詞或이다後方，表示說話者依自己親身體驗的事情做出感嘆或評價。動詞語幹後面加는군요；形容詞語幹後面加군요；名詞後面加(이)군요。

例句

오늘 정말 덥군요.

o.neul/jjo*ng.mal/do*p.gu.nyo

今天真熱啊！

이 영화 정말 재미있군요.

i/yo*ng.hwa/jo*ng.mal/jje*.mi.it.gu.nyo

這部電影真好看啊！

저분이 교수님이시군요.

jo*.bu.ni/gyo.su.ni.mi.si.gu.nyo

原來那位是教授啊！

식사하시는군요.

sik.ssa.ha.si.neun.gu.nyo

您在用餐啊！

句型十

韓語句型	中譯
A/V + 네요.	真是...啊！

注釋

接在動詞、形容詞語幹之後，表示對自己發現的新事物感到驚喜、驚訝。

例句

예의가 정말 바르시네요.

ye.ui.ga/jo*ng.mal/ba.reu.si.ne.yo

您真有禮貌呢！

장미꽃이 참 예쁘네요.

jang.mi.go.chi/cham/ye.beu.ne.yo

玫瑰花真是美啊！

이제 곧 추석이네요.

i.je/got/chu.so*.gi.ne.yo

快到中秋了呢！

아이가 요즘 밥을 별로 안 먹네요.

a.i.ga/yo.jeum/ba.beul/byo*l.lo/an/mo*ng.ne.yo

孩子最近不怎麼吃飯呢！

句型十一

韓語句型	中譯
V + 나요?	...嗎?
A + (으)ㄴ가요?	...呢?

注釋

表示用較禮貌、委婉的方式向他人提出疑問。接在動詞語幹後方時,使用나요?。接在以母音結束的形容詞語幹後方時,使用ㄴ가요?;接在以子音結束的形容詞語幹後方時,은가요?。

例句

그 분은 언제 돌아오시나요?

geu/bu.neun/o*n.je/do.ra.o.si.na.yo

他何時會回來呢?

참가자가 많은가요?

cham.ga.ja.ga/ma.neun.ga.yo

參加者多嗎?

날씨가 나쁜가요?

nal.ssi.ga/na.beun.ga.yo

天氣不好嗎?

빨리 bal.li 快地	자금 ja.geum 資金
도대체 do.de*.che 到底／究竟	먼지 mo*n.jo* 先
준비하다 jun.bi.ha.da 準備	새 se* 新的
휴대폰 hyu.de*.pon 手機	유럽 yu.ro*p 歐洲
원하다 won.ha.da 希望／想要	사인 sa.in 簽名

대신
de*.sin
代替

나중에
na.jung.e
以後

갖다
gat.da
帶／拿／取

확인하다
hwa.gin.ha.da
確認

식사하다
sik.ssa.ha.da
用餐

예의
ye.ui
禮儀

바르다
ba.reu.da
正確／正直

장미꽃
jang.mi.got
玫瑰花

별로
byo*l.lo
不怎麼／不太

참가자
cham.ga.ja
參加者

어제 간 곳에 사람이 많았어요?

o*.je/gan/go.se/sa.ra.mi/ma.na.sso*.yo

你昨天去的地方人多嗎？

文法説明

1. - (으)ㄴ N

接在動詞過去式語幹後方，用來修飾後面出現的名詞，為冠詞形用法。語幹以母音結束的動詞接ㄴ；語幹以子音結束的動詞接은。

2. - 에

處所格助詞，接在表「方向、場所」的名詞後方，相當於中文的「到」。

3. - 아/어요

當「아/어요」接在過去式았/었/였的後方時，一律使用어요。

句型一

韓語句型	中譯
V + 는 N	...的 N

注釋

接在動詞現在式語幹後方,用來修飾後面出現的名詞,為冠形形用法。動詞現在式接「는」,表示正在進行的動作或經常性。

例句

지금 햄버거를 먹는 사람이 내 친구예요.
ji.geum/he*m.bo*.go*.reul/mo*ng.neun/sa.ra.mi/
ne*/chin.gu.ye.yo
現在在吃漢堡的人是我朋友。

거실에서 자는 사람이 누구입니까?
go*.si.re.so*/ja.neun/sa.ra.mi/nu.gu.im.ni.ga
在客廳睡覺的人是誰?

거기서 술을 마시는 사람이 누구예요?
go*.gi.so*/su.reul/ma.si.neun/sa.ra.mi/nu.gu.ye.yo
在那裡喝酒的人是誰?

句型二

韓語句型	中譯
V +(으)ㄴ N	...的 N

注釋

接在動詞過去式語幹後方,用來修飾後面出現的名詞,為冠詞形用法。

例句

어제 밤에 본 영화는 어땠어요?

o*.je/ba.me/bon/yo*ng.hwa.neun/o*.de*.sso*.yo

你昨天晚上看的電影如何?

어머니가 만든 음식은 참 맛있었어요.

o*.mo*.ni.ga/man.deun/eum.si.geun/cham/ma.si.
sso*.sso*.yo

媽媽做的菜真好吃。

방금 산 물건이 어디에 있어요?

bang.geum/san/mul.go*.ni/o*.di.e/i.sso*.yo

剛才買的東西在哪裡?

지난 번에 마신 차는 맛있었어요.

ji.nan/bo*.ne/ma.sin/cha.neun/ma.si.sso*.sso*.yo

上次喝的茶很好喝。

句型三

韓語句型	中譯
V + (으)ㄹ N	...的 N

注釋

接在動詞未來式語幹後方，用來修飾後面出現的名詞，為冠詞形用法。語幹以母音結束的動詞接ㄹ；語幹以子音結束的動詞接을。

例句

전 오늘은 갈 데가 없어요.

jo*n/o.neu.reun/gal/de.ga/o*p.sso*.yo

我今天沒有地方可以去。

할 일이 없어서 그냥 집에 갈래요.

hal/i.ri/o*p.sso*.so*/geu.nyang/ji.be/gal.le*.yo

因為沒事可做，我要回家了。

내일 만들 음식은 탕수육이에요?

ne*.il/man.deul/eum.si.geun/tang.su.yu.gi.e.yo

明天要做的菜是糖醋肉嗎？

다음 주에 배울 것이 뭐예요?

da.eum/ju.e/be*.ul/go*.si/mwo.ye.yo

下星期要學的東西是什麼？

句型四

韓語句型	中譯
A +(으)ㄴ N	...的 N

注釋

接在形容詞現在式語幹後方，用來修飾後面出現的名詞，為冠詞形用法。用來表示事物的性質或狀態。

例句

이 귀여운 인형을 사고 싶어요.
i/gwi.yo*.un/in.hyo*ng.eul/ssa.go/si.po*.yo
我想買這個可愛的娃娃。

그는 정말 무시운 사람이네요.
geu.neun/jo*ng.mal/mu.so*.un/sa.ra.mi.ne.yo
他真的是很可怕的人。

예쁜 옷을 사고 싶어요.
ye.beun/o.seul/ssa.go/si.po*.yo
我想買漂亮的衣服。

작은 것을 좋아해요.
ja.geun/go*.seul/jjo.a.he*.yo
我喜歡小的東西。

햄버거 he*m.bo*.go* 漢堡	거실 go*.sil 客廳
문 mun 門	옆 yo*p 旁邊
방금 bang.geum 剛才	지난 번 ji.nan/bo*n 上次
그냥 geu.nyang 就那樣／一直／仍舊	탕수육 tang.su.yuk 糖醋肉
무섭다 mu.so*p.da 可怕	작다 jak.da 小

안녕!

附　錄

不規則變化

〈 ―不規則變化 〉

説明

詞尾以「―」結尾的大部分詞彙，後面遇到母音時，
「―」會脫落。當「―」前面的音節是ㅏ或ㅗ時，會
變為「아」。當「―」前面的音節是ㅏ或ㅗ以外的音
節時，會變為「어」。舉例如下：

아프다 + 아서 → 아파서
예쁘다 + 어서 → 예뻐서

相關詞彙

Track 283

아프다	바쁘다	잠그다
a.peu.da	ba.beu.da	jam.geu.da
痛	忙	鎖

예쁘다	고프다	담그다
ye.beu.da	go.peu.da	dam.geu.da
漂亮	餓	醃／做(泡菜)

쓰다	슬프다	끄다
sseu.da	seul.peu.da	geu.da
苦／寫／戴	難過／傷心	關（電器）

크다	기쁘다	뜨다
keu.da	gi.beu.da	deu.da
大	高興	睜（眼）／升起

例句

머리가 아파서 안 갔어요.

mo*.ri.ga/a.pa.so*/an/ga.sso*.yo

因為頭痛，所以沒去。

예뻐서 샀어요.

ye.bo*.so*/sa.sso*.yo

很漂亮，所以買了。

너무 슬퍼서 눈물이 나요.

no*.mu/seul.po*.sso*/nun.mu.ri/na.yo

太難過所以流眼淚。

배가 고파요. 같이 식사하러 가요.

be*.ga/go.pa.yo//ga.chi/sik.ssa.ha.ro*/ga.yo

肚子餓了，一起去吃飯吧。

이 구두 너무 커서 못 신어요.

i/gu.du/no*.mu/ko*.so*/mot/si.no*.yo

這雙皮鞋太大了，不能穿。

난 오늘 안 바빠요.

nan/o.neul/an/ba.ba.yo

我今天不忙。

〈 ㅂ不規則變化 〉

說明：

少數幾個語幹以ㅂ結束的詞彙，當遇到母音開頭的語尾時，ㅂ會變成우。

가깝다 + 아요 → 가까우 + 어요 → 가까워요

有兩個例外的詞彙「돕다」和「곱다」，當遇到母音開頭的語尾時，ㅂ會變成오。

돕다 + 아요 → 도오 + 아요 → 도와요
곱다 + 아요 → 고오 + 아요 → 고와요

相關詞彙

Track
203

어렵다	쉽다	뜨겁다
o*.ryo*.p.da	swip.da	deu.go*.p.da
困難	容易	燙

춥다 chup.da 冷	덥다 do*p.da 熱	맵다 me*p.da 辣
싱겁다 sing.go*p.da 清淡	무겁다 mu.go*p.da 重	가볍다 ga.byo*p.da 輕
무섭다 mu.so*p.da 可怕	돕다 dop.da 幫忙	곱다 gop.da 漂亮
시끄럽다 si.geu.ro*p.da 吵鬧	귀엽다 gwi.yo*p.da 可愛	굽다 gup.da 烤

例句

Track
286

집이 가까워요?

ji.bi/ga.ga.wo.yo

家很近嗎?

한국 요리가 매워요?

han.guk/yo.ri.ga/me*.wo.yo

韓國菜很辣嗎?

음식이 싱거워요?

eum.si.gi/sing.go*.wo.yo

菜很清淡嗎?

오늘이 더워요?

o.neu.ri/do*.wo.yo

今天很熱嗎?

고양이가 귀여워요.

go.yang.i.ga/gwi.yo*.wo.yo

貓咪可愛。

저를 도와 주세요.

jo*.reul/do.wa/ju.se.yo

請幫助我。

《 르不規則變化 》

説明

詞尾以「르」結尾的大部分詞彙，後面遇到母音時，
르的「一」會脱落，並且在前一個字尾後面加上ㄹ，
舉例如下：

모르다 + 아요→모ㄹ다 + ㄹ + 아요 = 몰라요

相關詞彙

Track
287

다르다	부르다	오르다
da.reu.da	bu.reu.da	o.reu.da
不同	唱	上升／登

빠르다	기르다	게으르다
ba.reu.da	gi.reu.da	ge.eu.reu.da
快	養	懶

자르다 ja.reu.da 剪／切	흐르다 heu.reu.da 流	서두르다 so*.du.reu.da 急忙
모르다 mo.reu.da 不知道／不會	고르다 go.reu.da 挑	배부르다 be*.bu.reu.da 吃飽
마르다 ma.reu.da 乾	가르다 ga.reu.da 分開／區分	찌르다 jji.reu.da 刺

例句

Track 288

그분을 몰라요.

geu/bu.neul/mol.la.yo

我不認識他。

이것과 그것은 달라요.

i.go*t.gwa/geu.go*.seun/dal.la.yo

這個和那個不一樣。

비행기가 배보다 빨라요.

bi.he*ng.gi.ga/be*.bo.da/bal.la.yo

飛機比船快。

큰 소리로 그를 불러도 그는 대답을 안 해요.

keun/so.ri.ro/geu.reul/bul.lo*.do/geu.neun/de*.

da.beul/an/he*.yo

即使怎麼大聲叫他，他都不回應。

이 중에 하나 골라 보세요.

i/jung.e/ha.na/gol.la/bo.se.yo

從中選一個吧。

《 ㄷ不規則變化 》

詞尾以「ㄷ」結束的少部分詞彙，後面遇上母音時，
ㄷ要變成「ㄹ」。

묻다+어요 → 물어요

相關詞彙

Track
289

걷다	듣다	묻다
go*t.da	deut.da	mut.da
走路	聽	問

깨닫다	싣다	일컫다
ge*.dat.da	sit.da	il.ko*t.da
覺悟	裝載	稱為

例句

Track
290

잘 들으세요.

jal/deu.reu.se.yo

請好好聽。

어머님께 물어 보세요.

o*.mo*.nim.ge/mu.ro*/bo.se.yo

請你去問媽媽吧。

오늘 너무 많이 걸어서 힘들어요.

o.neul/no*.mu/ma.ni/go*.ro*.so*/him.deu.ro*.yo

今天走太多路很累。

저는 드디어 깨달았어요.

jo*.neun/deu.di.o*/ge*.da.ra.sso*.yo

我終於領悟到了。

《 ㄹ不規則變化 》

説明

詞尾以ㄹ結束的動詞、形容詞，後面遇到以「ㄴ」、「ㅂ」、「ㅅ」開頭時，ㄹ會脫落。當詞尾以ㄹ結束的詞彙，後面遇到으開頭時，으會脫落。

살다+습니다→사+ㅂ니다 → 삽니다
살다+(으)려고 → 살려고

相關詞彙

Track
291

알다 al.da 知道	열다 yo*l.da 開	달다 dal.da 甜
멀다 mo*l.da 遠	팔다 pal.da 賣	길다 gil.da 長

살다 sal.da 活／住	만들다 man.deul.da 做／製作	울다 ul.da 哭
걸다 go*l.da 打（電話）	놀다 nol.da 玩	졸다 jol.da 打瞌睡

例句

Track 292

아십니까?
a.sim.ni.ga
您知道嗎？

어디에 삽니까?
o*.di.e/sam.ni.ga
你住在哪裡？

언니의 머리가 깁니다.
o*n.ni.ui/mo*.ri.ga/gim.ni.da
姊姊的頭髮很長。

내일 제 생일이에요. 케이크를 만드세요.

ne*.il/je/se*ng.i.ri.e.yo//ke.i.keu.reul/man.deu.

se.yo

明天是我的生日，請你做蛋糕。

나는 시장에서 생선을 팝니다.

na.neun/si.jang.e.so*/se*ng.so*.neul/pam.ni.da

我在市場裡賣魚。

《 ㅎ不規則變化 》

說明

詞尾以ㅎ結束的少數形容詞，在母音前會脫落。

어떻다 + 은→어떠 + ㄴ → 어떤
이렇다 + 은→이러 + ㄴ → 이런

詞尾以ㅎ結束的少數形容詞，後面接上아/어/여時，
會變成애。

어떻다 + 어요 → 어때요
이렇다 + 어요 → 이래요

相關詞彙

Track
293

어떻다	이렇다	그렇다
o*.do*.ta	i.ro*.ta	geu.ro*.ta
如何／怎麼樣	這樣	那樣

저렇다	빨갛다	까맣다
jo*.ro*.ta	bal.ga.ta	ga.ma.ta
那樣	紅	黑

파랗다	하얗다	노랗다
pa.ra.ta	ha.ya.ta	no.ra.ta
藍	白	黃

例句

 Track 294

이것이 어때요?
i.go*.si/o*.de*.yo
這個如何？

저는 파란 색을 좋아해요.
jo*.neun/pa.ran/se*.geul/jjo.a.he*.yo
我喜歡藍色。

그러면 우리 도서관에 갑시다.
geu.ro*.myo*n/u.ri/do.so*.gwa.ne/gap.ssi.da
那麼我們去圖書館吧。

어떤 남자를 좋아합니까?
o*.do*n/nam.ja.reul/jjo.a.ham.ni.ga
你喜歡哪種男生呢？

저런 것은 마음에 드세요?
jo*.ro*n/go*.seun/ma.eu.me/deu.se.yo
那種你滿意嗎？

《 ㅅ不規則變化 》

說明

動詞語幹以ㅅ結束的少部分不規則詞彙，後面遇到母音時會脫落。

낫다 + 아요 → 나아요
붓다 + 어요 → 부어요

相關詞彙

Track 295

낫다	붓다	긋다
nat.da	but.da	geut.da
治癒／變好	腫／傾倒	劃（線）

잇다	젓다	짓다
it.da	jo*t.da	jit.da
連結	攪拌	蓋（房子）

例句

Track 296

병이 많이 나았어요.

byo*ng.i/ma.ni/na.a.sso*.yo

病好很多了。

줄을 그어보세요.

ju.reul/geu.o*.bo.se.yo

請劃線。

새 집을 지었어요. 이제 이사 준비를 해야
돼요.

se*/ji.beul/jji.o*.sso*.yo//i.je/i.sa/jun.bi.reul/he*.
ya/dwe*.yo

新家蓋好了。現在該準備搬家了。

홍차에 설탕을 넣고 잘 저어요.

hong.cha.e/so*l.tang.eul/no*.ko/jal/jjo*.o*.yo

把糖加入紅茶中好好攪拌。

많이 울어서 눈이 부었어요.

ma.ni/u.ro*/so*/nu.ni/bu.o*.sso*.yo

因為大哭一場，所以眼睛腫起來了。

永續圖書
線上購物網

www.foreverbooks.com.tw

專業圖書發行、書局經銷、圖書出版

國家圖書館出版品預行編目資料

你一定要會的韓語句型 / 雅典韓研所企編.
-- 初版. -- 新北市：雅典文化，民102.02
面；　公分. --（全民學韓語；11）
ISBN 978-986-6282-74-4（平裝附光碟片）

1. 韓語 2. 句法

803.269   101025822

全民學韓語系列　11

你一定要會的韓語句型

編著／雅典韓研所
責編／呂欣穎
美術編輯／翁敏貴
封面設計／劉逸芹

法律顧問：方圓法律事務所／涂成樞律師

總經銷：永續圖書有限公司
永續圖書線上購物網
www.foreverbooks.com.tw

CVS代理／美璟文化有限公司
TEL：（02）2723-9968
FAX：（02）2723-9668

出版日／2013年02月

雅典文化

出版社

22103　新北市汐止區大同路三段194號9樓之1
TEL　（02）8647-3663
FAX　（02）8647-3660

你一定要會的韓語句型

雅致風靡 典藏文化

親愛的顧客您好，感謝您購買這本書。即日起，填寫讀者回函卡寄回至本公司，我們每月將抽出一百名回函讀者，寄出精美禮物並享有生日當月購書優惠！想知道更多更即時的消息，歡迎加入"永續圖書粉絲團"您也可以選擇傳真、掃描或用本公司準備的免郵回函寄回，謝謝。

傳真電話：（02）8647-3660　　　　電子信箱：yungjiuh@ms45.hinet.net

姓名：		性別：	□男 　□女
出生日期：　年　月　日		電話：	
學歷：		職業：	
E-mail：			
地址：□□□			
從何處購買此書：		購買金額：	元
購賞本書動機：□封面 □書名 □排版 □內容 □作者 □偶然衝動			
你對本書的意見： 內容：□滿意□尚可□待改進　　編輯：□滿意□尚可□待改進 封面：□滿意□尚可□待改進　　定價：□滿意□尚可□待改進			
其他建議：			

總經銷：永續圖書有限公司

永續圖書線上購物網

www.foreverbooks.com.tw

您可以使用以下方式將回函寄回。

您的回覆，是我們進步的最大動力，謝謝。

① 使用本公司準備的免郵回函寄回。

② 傳真電話：（02）8647-3660

③ 掃描圖檔寄到電子信箱：

yungjiuh@ms45.hinet.net

沿此線對折後寄回，謝謝。

廣 告 回 信

基隆郵局登記證

基隆廣字第056號

2 2 1 - 0 3

 雅典文化事業有限公司　收

新北市汐止區大同路三段194號9樓之1

雅致風靡　典藏文化